浦睿文化　出品

十年后，我来听你的音乐会

金沙江——著

CNS PUBLISHING & MEDIA
湖南文艺出版社
HUNAN LITERATURE AND ART PUBLISHING HOUSE

白色和黑色，

是琴键的颜色，

也是相遇和离别的颜色。

目录

序幕

“我曾死去，在爱的疑惑前，被它的双手，深埋于此……”

年前，莫沫找我去听新年音乐会，我们坐在二楼第一排。

莫沫是我表妹，在音乐学院音乐剧系读完本科又读硕士，混得人熟地熟风生水起，这票子就是别人送给她的。

“姐，你看那个第一小提琴，别看她瘦，胸却有这么大！”她在自己胸前比画了一个半弧状，《卡门》序曲响起。

“后面那个圆号看到没？有一米八，一个大胖子，是小提琴的男朋友，”门德尔松的《春之歌》响起，“圆号太花心，有一次，小提琴去找圆号，把他捉奸在床。”

看，和莫沫听音乐会常常会被普及诸如之类的花边八卦，仿佛西餐厅里端上来一盘三鲜馅儿饺子。

又听了几首后，莫沫道：“我们不能听到最后。”

“为什么？”我问道。

“散场时，抢出租车很难。”

彼时，天寒地冻，年前杂事繁忙，人也烦躁得很，莫沫和我都有些意兴阑珊。

“我们听完哪首走？”

“听完倒数第二首就走。”

莫沫低头捂着嘴打了个哈欠，我开始翻节目单，下一首是钢琴曲《爱之梦》。大概是情人节将至，所以安排了李斯特的《爱之梦》。

钢琴家上场，着一身黑，身材是英挺的，虽有些远，但隐约看得出五官也是英俊的。我低头翻找节目单介绍：“音乐学院钢琴系本科毕业，德国斯图加特音乐学院硕士，旅美，——莫沫，他也是你们音乐学院的校友。——这名字我怎么感觉这么熟？周衡……”

我瞥向莫沫，她猛地绷直了背，整个人向前倾去，趴向座位前的栏杆处。我问她：“你认识他吗……”话还没说完，钢琴家就开始演奏了。

当钢琴被敲响第一个音时，莫沫肩头一震，再也没有理睬我，好像除了这支钢琴曲，这世界上的其他声音都与她无关。

世人皆爱李斯特的《爱之梦》，这曲子的题诗便是“我曾死去，在爱的疑惑前，被它的双手，深埋于此……”

而莫沫，同刚才比仿佛是换了一个人，她化身为一块石头，一言不发。我斜着看她，只能看到她僵直的背，而她也只能看到台上那个弹钢琴的人。

她认识他？或许我也认识他？

渐渐地，那些埋在遥远时光中的记忆碎片合拢在一起，我突然想起来我是知道这个人的，只不过从一开始就不想记起这个人。

“周衡？是他吧？”我轻声道，自问自答。

曲子弹完，钢琴家起身，掌声响起，周衡扶着琴向观众鞠躬，谢幕离去。他走得实在是太快了，我仍是看不清他的面容，看不清这十多年的改变。

我转头看看莫沫，她用手遮住了半张脸，阴影下另外半张脸是透亮的，只是倦了。

感觉过了很久之后，她才回答我：“是他。”

“你知道他会来？”我问。

她摇摇头，整个人松了下来，乏力地靠在椅背上，好像为了听完这支曲子，她耗尽了浑身的力气。

我俩再没有对话，一直听到最后一首。《拉德斯基进行曲》响起，全场的人随着节奏鼓着掌，普天同庆，那声音像除夕的鞭炮，从极响到渐渐消散，到一地黑灰，静了。

整支交响乐队已经离场，刚才还满是人声，现在空出一排排红座椅，灯光逐渐暗去，音乐厅里只剩下我们两个人，莫沫这才起身：“走吧，现在抢出租车的人应该少了。”

“唉……”我想说些什么，却口干舌燥。

走出门外，冷风夹着细细的雪花，迎面扑来。音乐厅外，黑夜中红色的演出广告耀眼夺目，一年一岁又光鲜地过去了。莫沫把脸缩进帽子和围巾中，我看不到她的表情，只能看到她的眼，眼里没有任何内容。

“多少年了？”我问她。

“不记得了。”莫沫道。

“你要去找他吗？”

她沉默，一会儿竟笑了，声音恢复了寻常的清亮：“当然不，都那么多年了，而且今天我已经算是见到他了。”

莫沫第一次遇见周衡，是十多年前的事了，彼时，一个青春，一个年少。

第一幕

原来爱情可以这么简单，在我喜欢你的时候，碰巧你也喜欢我，然后整个世界就亮了。

那年莫沫18岁，躺在她上铺同样18岁的周盼突然伸出脑袋对下铺的她说：“我想结婚！但是现在我又结不了，所以我先办一场特别棒的订婚party，莫沫，你快帮我想主意。”

“你疯了！”莫沫尖叫，在下铺蹬着腿，踹了一脚上铺，床板哗哗地响。她觉得恋爱中的女人都是疯子。18岁的自己只想谈场恋爱，而眼前这家伙居然想要结婚。

那时莫沫和周盼还混在艺专的音乐班，一早就要练嗓子，隔壁的美术班说她们是疯子，整天啊啊叫，而她们反击美术班的都是傻子，对着一堆垃圾天天画。那群傻子中有几个或帅或酷的男生，时常将眼神定格在她们这群疯子身上。

所以，世界这么有趣，为什么要早早定终身？

“因为我爱他！”周盼道。

“婚姻是爱情的坟墓！你这么想进坟墓？”

“你懂什么？”周盼使劲地在上铺摇着，床架子嘎吱作响，“你快去谈恋爱，谈了恋爱就知道了。”

莫沫觉得匪夷所思，爱情有这么好？天知道。不过这仿佛应该是很重要的事，比如现在，周盼已经不再搭理莫沫，趴在床上抱着手机忙着和男友聊天，声音如蜜糖。若拿他俩当范本，那么爱情应该就是一见面就欢喜，一分开就想念。

莫沫将周遭认识的所有男生一一想过来，便决定不如闭眼睡去，实在没有一个能想念一下的。

上铺的周盼还在对着手机细声细语，莫沫又用力踹了踹上面的床板，叫道：“求老天给我一个男朋友！”

上帝说要有光，于是就有了光，莫沫说要有一个男朋友，男朋友就应声从天而降——因为18岁的女孩，是上帝的宠儿。

* * * *

最后，周盼决定把自己的订婚party设计成化装舞会，她扮作美女，男友扮作野兽，而莫沫，恰好刚染一头金黄色的长发，扮作美人鱼。

作为她未来的伴娘，莫沫在周末如约去周盼家讨论订婚party，刚摁了门铃，周盼就从屋里冲了出来，说是要去裁缝店拿改好的纱裙。“你先在家等我，冰箱里有可乐，自己拿。”甩下这句话周盼就跑远了，一阵风似的。

真是热，花园里蝉在鸣，客厅中一片静谧，莫沫出了一身汗，发丝粘在额角，衣衫粘在身上，她拿出冰箱里的可乐，贴在面颊上。这时楼上却传来钢琴声，驻足听了一小会儿，便知道是李斯特的《爱之梦》，是谁在弹琴？美妙而动听。

莫沫轻手轻脚上了二楼。

莫沫曾经来周家玩过几次，周盼的卧室在二楼，卧室的对面是琴房，里面除了一架三角钢琴什么也没有，她们会在琴房里边弹边唱，听周盼讲着她和她的男朋友，这样就能消磨整整一个下午。

琴房的门虚掩着，钢琴声便是从这里面传出来，越走近，越清晰。莫沫推开一条缝，看到三角钢琴前一个男生的背影，曲子已经到了激烈的部分，那人专心地弹奏着，压根儿没留心门外有人。

莫沫屏住呼吸，不敢发出任何声响，生怕这琴声因为她而停了下来。

那个男生穿着白衬衫，宽宽的肩，个子应该很高。周盼有个弟弟叫作周望，也是高高的个子，但是周望不会弹琴，所以他绝对不是周望，那他是谁？

索性不想了，因为琴声自有魔力，能令人忘记周边的真实，莫沫被拉入旋律的虚幻中去，只几秒钟，便深深沉醉其中，心中只想着“真好听”。

虽然很熟悉这支钢琴曲，但一直听的是唱片，从未有人离自己这么近弹奏过。音乐是活着的，离你近些就能生出亲近感，10 米之外听去，和 2 米之内听到，被触发的感受力是无法相比的。莫沫的心莫名地跟着他弹的节奏而起伏，急奏时她甚至完全闭住呼吸，像溺水的人浸在水中一样，所幸后半部又回到舒缓的旋律，莫沫将头抬出水面，猛地吸了一口气缓过来。

白色的窗帘被微风轻轻撩起，窗台上摆了一盆栀子花，绿叶白花，香气随风吹到莫沫面颊上，好像也没那么热了。只是额头上还有汗，莫沫抬手拭去，恍惚如梦，她从未见过周盼家中有这么一个会弹钢琴的白衣少年。

琴声停了，那个男生回过头来，看到他时，莫沫的胸口像被击中，完全不能动。

看到他，才知道老天多么不公平，他怎么可以弹得这么好听，还长得这么好看？一张俊朗的少年面庞，挺直的鼻梁，微微张开的唇，好像想要开口问她些什么，但又紧紧抿住，眉梢挑了挑，定定地看着莫沫，他的眼中有一种光彩，让人沉迷，无法自拔。所谓剑眉星目，大概就是他这样的长相。

莫沫自小在舞台上，以为见够了漂亮的人，知道自己也是相貌不错的，但眼前这个男生，却和她以前见到过的所有人都不同，其他人再好看，多看两眼就好了，但眼前的这个人，莫沫却没有办法把自己的眼神从他身上挪开，已经知道不好意思再盯着这个不认识的人看下去了，她却仍是挪不开视线。

他还是没有说话，任由莫沫这样傻傻地看着自己。

莫沫的脸烫得不得了，便马上用手捂住，可是这样一来，她就觉得自己像个花痴，再马上放下手，可是手不知道往哪里放，只好捏住衣角，这样一来，她又觉得自己像个白痴了，更加一句话也说不出来。

他却一动也没动，一笑也不笑，只是这样看着她的手捂上脸又放下来，而她也只好像根木头一样看着他，屋子里一下子静悄悄的，这大概是她记忆中自己最蠢的时刻了，而此时每一秒过得都像一整天那么长久。

不过他并未问她一声“你是谁”，也并未打算介绍一下“我是谁”，当莫沫屏气快要被自己憋死时，他垂下眼，转回头去，翻开另一册谱子，开始弹练习曲。

是无聊的练习曲噢，但是好看的人弹无聊的练习曲都这么好听。

莫沫刚悄悄松了口气，就被从身后拍在肩头的一巴掌给吓得尖叫了起来，琴声戛然而止。

身后是周盼，她抱着粉红色的纱裙，反被莫沫的尖叫声也吓得尖叫起来，学声乐的女生，连尖叫也是高八度的。

两声高音 C 过后，周盼大喇喇推开琴房的门，对男生打了声招呼，莫沫听到她叫他“周衡哥哥”。

那个男生向她们点点头，又看了一眼莫沫，转身继续练琴。

从这一面之后，什么订婚 party 化装舞会，准备喝什么吃什么玩什么，对莫沫来讲都无关紧要了，是上辈子的事了，她坐在周盼的床上，呆呆地抱着纱裙对周盼说：“你哥真帅……”

周衡是周盼的堂哥，音乐学院钢琴系大二学生。

“音乐学院里长成他那样的会弹琴的一抓一大把，莫沫，你的口水别流到我裙子上！”周盼一巴掌拍醒她。

“他也来参加你的订婚 party？”莫沫问。

“当然。”

莫沫又发了一阵呆，突然从床上跳了下来，活过来一样，扔了纱裙，看着镜子中的自己：“我不要扮成美人鱼，我要扮成月野兔！”

小美人鱼最终变成泡沫死在沙滩上，美少女战士才能所向无敌得到全世界。周盼的订婚宴，比莫沫想象中还要热情奔放，音乐班的疯子们扮成一堆咸蛋超人芭比娃娃，美术班那群傻子带来一堆面具和五彩羽毛，认识或不认识的，看得清或看不清的，挤满客厅。莫沫穿着美少女水手裙，脑门上扎了根发带，中间贴了一块红宝石（当然是假的），头发最简单，扎了两根马尾辫，就是现成的月野兔了。

周盼忙得扑来扑去，莫沫好不容易抓住她问一声："你哥在哪儿？"周盼马上向周边空气中喊了一嗓子："周衡！周衡哥哥！"然而下一秒钟，她和她的声音就消失在挤挤攘攘的人群中了。

喝了几杯香槟，莫沫有点眩晕，一个人走到小花园里透口气。抬头望夜空，月亮又圆又近。她瞧瞧四下无人，便摆好姿势，踮起脚尖原地转了个圈，站稳后，伸出一只手直指天空，演就要演得认真些，台词也要跟上，莫沫学着美少女的样子，正正经经地："我要代表月亮消灭你！"

此时应该有星光洒落，彩虹丝带围着她，一道白光过后，月野兔变身为水冰月，美少女便可解救全世界——而不是角落里一声轻笑，让莫沫从陶醉中一跤跌了出来。

有人在偷看！莫沫瞪大眼睛，看到紫藤架下坐着一个家伙。完了，刚才自己的糗样全被他看去了。莫沫有些气急败坏，冲上前去，问道："你为什么坐在这儿？"

"我，一直坐在这儿。"

莫沫哑口无言。眼前是只"吸血鬼"，戴了一个恐怖面具，长牙上还挂着血，披着蝙蝠斗篷，上下一身黑灰色，隐在夜色中，难怪刚才没有看见他，而他正翘个腿闲闲地坐在石凳上看着她。

“我可以坐在这儿吗？”莫沫指了指他身边，想想算了，反正他已经看到她全套“变身”动作。

吸血鬼点了点头。

于是月光中紫藤架下，一只吸血鬼身边坐了一个月野兔。

月野兔问：“你怎么不进去一起玩？”

吸血鬼答：“无聊，都是小孩子玩的。”

月野兔问：“说我们是小孩子，你是老头子吗？”

吸血鬼答：“我是成年人。”

月野兔哈哈大笑，学声乐的月野兔，笑声很清亮。

“你的头发是真的吗？”吸血鬼问道。

月野兔把辫子绕在指间：“当然是真的，我刚染的，不是假发套，不信你拉一拉？”

吸血鬼扯了扯月野兔的辫子，月野兔又尖叫了起来：“轻点啊！”

吸血鬼道：“你怎么跟我妹一样，嗓门这么大，——你染得这么黄，别人会觉得奇怪吗？”

月野兔道：“我自己喜欢就行，管别人怎么想，——唉，你妹是谁呀？”

吸血鬼道：“周盼呀，还能有谁把自己的订婚宴搞成这样子。”

月野兔点头道：“喔，你是周盼的哥哥，你……”

月野兔突然把嘴捂住，睁大眼睛瞧着他，再过一会儿，轻声问道：“周盼有几个哥哥？”

吸血鬼道：“据我所知，就一个。”

月野兔转过身来看着吸血鬼，看足一分钟，吸血鬼问她：“看着我干吗？”

月野兔结结巴巴：“你的面具太吓人了……”

“噢，这样啊——”吸血鬼说完便把面具摘了下来，月野兔眼前出现一张俊朗的面庞。

莫沫捂住胸口，觉得下一秒要心肌梗塞了。“周衡……周衡哥哥，你干吗扮成吸血鬼？”

“简单啊，戴个面具披个斗篷就好了。”

“会吓死人的——”莫沫觉得自己真的要死掉了，在周衡面前不仅变了身，还拉着自己的辫子让他扯，莫沫想把自己就地埋到土里。

“可是，你也没被吓死啊。”坐在身边的周衡转过头来，对着莫沫笑了笑。

他还对自己笑了笑！德古拉伯爵长了一张精灵王子的脸，眼眸似星空。

莫沫觉得只要他看着自己，自己就会一阵恍惚，周遭的一切全部都被忘记，有一种力量把她拉到另一个世界中让她不能自拔，在那个世界里她只会对着他笑，傻傻的连话都不知道怎么说。

周盼找到他俩时，大呼小叫道：“莫沫，你这不找到我哥了嘛！我刚才还满屋子找呢。周衡哥哥，莫沫刚才在找你。”

周衡问莫沫：“你找我有什么事？”

莫沫额头要滴下汗来：“我……忘记了。”说完便瞪了周盼一眼。

周衡道：“那想起来再告诉我好了。”

派对结束后，众人散去，莫沫留宿在周盼家中，两人挤在一张床上，周盼早已去见周公，而她却在翻来覆去地想着刚才紫藤架下周衡对她说的一句话。

周衡说："那天我看到你，我还以为我妹带回来一个外国友人呢，那么黄的头发。"

"那天"，原来他也记得"那天"。

莫沫推了推身边的周盼，轻声问："你哥有没有女朋友？"

周盼迷迷糊糊地抱怨着："作死啊这么晚，我都睡着了——我哪里知道，要么你自己问他。"

"我怎么好意思问，你帮帮我……"

"你当然好意思，你一晚上看着我哥，像花痴一样。"周盼清醒过来。

"谁让他长得这么帅。"莫沫按住自己的胸口，生怕想着想着心都要跳出来。

"真肤浅！"周盼笑她。

"我不管，他就是我心目中男朋友的样子……"

莫沫挨着周盼，感觉到前所未有的奇异变化。心头上重重的，压着一件事，但又好生欢喜，不知前因，不知后果，一闭眼就是他的眼他的笑，耳边全都是他说话的声音，莫沫双手捂住自己的面颊，烫烫的。

她不知何时睡去了，而初见他的那一天，已经被时间印成一张照片，印在她的脑海中，在一个安静的午后，风轻花静，白衣少年坐在黑色的钢琴前。

* * * *

莫沫“想起来”她那晚找周衡有何事了，她要请他教自己提高琴艺。

“我要好好练琴，”莫沫对周盼说，“提高专业技能。周盼你帮我问问你哥，能不能教我？我要上他的钢琴课！”她满面红光像个奋发上进的好青年。

周盼一言道破：“莫沫之意不在琴，在乎我哥周衡也。”

莫沫马上点头承认。

周盼总归是帮她的，周衡则一口答应。

“他有没有女朋友，你自己去问他。”周盼笑着眨眼。

“为什么你不帮我问？”

“你来问比较好，若是他说他没有女朋友，你就可以直接说‘要么我当你的女朋友吧’。”周盼大笑。

不过真到坐在钢琴前，周衡坐在自己身边时，莫沫哪里敢问他有没有女朋友，他正正经经地像个老师，要她先弹一首看看水平如何。她心中小鹿乱撞，眼前琴谱上的音符都在跳，眼睛一花，手指一凉，弹到哪儿了，找也找不到，眼乱手乱，一首曲子磕磕巴巴弹到完结，像一个人从山顶爬下来，一共摔了 365 个跟头。

静默。

莫沫战战兢兢看着周衡：“我弹得不太好，是吗？”

周衡半天才叹了一声：“还好你是学声乐的，对钢琴要求不用太高。”

莫沫急了：“周衡哥哥，你不愿意教我了？”这话一说完，她眼睛都开始泛红，好像马上就要哭出来。

他却说："弹得这么烂，总得有人教。"

她一颗心放了下来，还好他没有拒她于门外，只要能在他身边，天天被骂也是好的。虽然他要她从很简单的练习曲补起，虽然每次只有一个小时，她已心满意足。

但是，还不够，钢琴课迟早会结束，她可不想和他结束，她想要周衡能记住她。

比如，这次上课时扎了高高的马尾辫，穿着印着草莓的蓬蓬裙，周衡问："你今天要到幼儿园面试吗？"

又比如，下一次盘了头，紫色的紧身裙紫色的眼影，活脱脱少妇模样，周衡问："晚上有演出？"

再比如，用彩色的发圈绑了一头的小辫像哪吒……

再比如，涂了黑色的口红像煤气中毒……

次次都让周衡弹眼落睛[1]。

周衡说："莫沫，我每次看到的你，好像都不一样，不知道下次你又会变成什么样。"

莫沫说："说不定我会剃个光头。"

他笑了："我相信你剃个光头，还不如相信我自己剃个光头。"

"那我们一起剃光头好吗？"莫沫两眼放光，兴奋起来，"这样我们俩走在一起就像两个电灯泡。"

"我为什么要像个电灯泡一样的跟你走在一起？"

1 上海方言，指"惊艳"。

莫沫脸一下子热起来，因为她听到他说“走在一起”这四个字。

“弹琴弹琴！你在想什么？”周衡将谱子翻开立在琴架上。

莫沫偷偷看他，看着他的脸有些红。“周衡哥哥，你脸红了。”她小声道。

然后她看着他，那张红脸上眉毛眼睛慢慢拧在了一起，他突然伏在钢琴上大笑起来：“两个电灯泡……”

“是的，要是走在夜路上，都不用打手电筒呢……”莫沫接起刚才的话，跟着笑到编不下去。

* * * *

慢慢地，她越来越想和他多一些时间在一起，说说话，弹弹琴，一小时，时间不够。

上完课，莫沫对周衡说：“我新学了一首歌，唱给你听好不好？”

“好，下次。”他收起谱子，说接下来有事马上要走。

只好，下次。

待到下次，台风途经本市，大雨滂沱，雷鸣轰响，莫沫最怕打雷，平日里头顶一声响雷，便觉得自己魂都散了，但今天说好要去周衡那里上钢琴课，说好要唱歌给他听。

外面天昏地暗，路面上全都是积水，莫沫一脚深一脚浅，雨横着打在身上，伞变成废物，没走出两三步伞就散了架，她全身湿透，敲着周家的门，开门的是周盼，她见着莫沫，便惊呼一声：“哎呀，我忘记告诉你，我哥昨天去美国了。”

一记响雷打下来，莫沫扑到周盼身上，跺着脚“哇”的一声哭出来，像是被雷声吓坏了，周盼紧紧抱住莫沫。

莫沫脸上冷的是雨水，热的是泪，就在刚刚闪雷的那一瞬间，她以为再也见不着他了，茫茫然不知所措，只知道哭。

周盼轻轻拍着她的背：“没事没事，我哥过一阵子就回来。”说完接着笑她：“你傻啦？哭什么。”

莫沫跟着笑，自己刚才真的像个傻子，怎么就哭了，她不过与他见过浅浅几面，他就算真的走了不回来了又怎样，他不过是她同学的堂兄而已。

后来天晴了，回想起来，莫沫发现自己只是怕见不着他了，怕没有机会让他知道自己是喜欢他的，如此一想倒也笃定了，不必讲出什么理由来，自己就是这样喜欢他。

接下来的日子，便这般那般地去想他，反正，想一个人是不需要资格的，见一面也可以想念，索性任由想他的每一秒都碎成粉末，日子过成一堆堆灰。

当莫沫去少年宫实习的时候，已是秋天，树叶间缀满金色的桂花，连空气都是甜的。她教小朋友唱歌，但作为教师要求头发不染不烫，她只得用黑色假发套盖住那头染黄的长发。

头套太闷，但莫沫有办法，她对着一群三五岁小娃道：“现在老师要变成公主咯！就像迪士尼里的公主一样。”眨眼间，头上那顶黑色假发套便被揪了下来，一头金黄色的头发如瀑布般，在小娃们眼中像变魔术，满屋子鼓掌尖叫。

“好！现在老师教你们唱首歌——《泥娃娃》。”莫沫换上奶声奶气的童声开始唱："泥娃娃，泥娃娃，一个泥娃娃……"边唱边弯下腰来，双手张开在身两侧，扭着腰晃着头，像个大娃娃。

"老师，外面有人。"一个小娃跑过去拍着窗子。

是谁？莫沫抱起小娃，贴近玻璃窗往外看。玻璃是带着花色的，只能模模糊糊看到一张脸，她揉了揉眼睛，做梦般，不敢相信，于是再凑近一些，凑近一些，"嘭"的一声额头顶到了玻璃上，窗内窗外两人额头间只有一块玻璃相隔了，她看到他在笑。

"周衡哥哥，你怎么来了？"莫沫推开门，欣喜万分。

"周盼说你在这里上班，"周衡拿出一盒巧克力，道，"不知道你喜欢什么，机场买的，他们都说好吃。"

两个人坐到楼下花园的石凳上，莫沫打开盒子，拣出一块巧克力放在嘴里："好吃！"

"真的好吃？"周衡挨着她伸手也拣了一块，"唔，好吃——你们平常就这样唱歌？"

"哪样？"

周衡捏着鼻子，脸上一本正经，却学着刚才莫沫的娃娃音唱道："泥娃娃，泥娃娃，一个泥娃娃——"

"你太坏了！"莫沫反应过来，笑着捶了过去，早知道周衡会来，她会教小娃们唱《采蘑菇的小姑娘》，穿上漂亮的裙子，戴一顶花帽子。

"当然不光唱这些，你有没有听过我们唱歌？"莫沫以为周衡曾来艺专看过周盼演出。

"没有。"他摇着头。

"那你要不要听我唱歌？上次，你没听到。"

“你刚才不是唱过了？”他晃着身，学莫沫刚才唱歌的样子，哼着《泥娃娃》。

莫沫忍住笑：“才不是那样——我现在唱给你听。”

莫沫站起来，站在周衡的对面，低头调整一下呼吸，再抬头时神情已判若两人：“L'amour est un oiseau rebelled...”

周衡一愣，莫沫唱的是咏叹调，歌剧《卡门》中的选段《爱情像一只自由的小鸟》。

爱情是一只不羁的鸟儿，

任谁都无法驯服，

如果它选择拒绝，

对它的召唤都是白费……

她望着他，他眼睛亮亮的，眉角一挑，有一丝不相信，于是她更加得意，借着卡门的魂，回给他火辣辣的眼神，肆无忌惮。

周衡在一时诧异过后，开始仔细地听，嗓音一定要说，还是稚嫩的，不过那眉眼那韵味真有些像那个有着神秘魅力的卡门，可是她明明刚才还在唱着《泥娃娃》。

他放在腿上的手不由自主地轻轻敲着，像空弹着琴。这支咏叹调来自于一首《哈巴涅拉舞曲》，他弹过，于是她唱到哪段，他的手便跟着虚弹到哪段。

可是她的眼神太大胆，周衡直盯着她，忘记了曲谱，只觉得她就是卡门。

不过眼前的这个卡门在刚才还只是泥娃娃，泥娃娃之前是月野兔，月野兔站在月光下正在变身……这样想着，周衡忍不住笑了出来。

见周衡一笑，莫沫一下子忘词了，卡门便烟消云散。

“唱得真好。”周衡鼓掌。

“那你还笑，你一笑我就紧张了。”

“莫沫，”临别时，周衡对她说，“有空到音乐学院找我玩。”

* * * *

莫沫真的去音乐学院找周衡玩，他刚好在琴房里练琴，正准备一个钢琴比赛，问他比赛弹什么曲目，他答道：“《爱之梦》。”

“弹给我听好吗？”莫沫扶着钢琴站在他身边。

周衡把钢琴上的谱子收起来，双手放在腿上，深吸一口气，就这样凝神坐着，当他双手放到钢琴上的一刹那，莫沫屏住了呼吸——他是很认真地弹给自己听。

是那首《爱之梦》。

> 爱吧！
> 能爱多久，愿爱多久就爱多久吧！
> 只要有人对你披露真诚，你就得尽你所能，
> 教他时时快乐，没有片刻愁闷！

这是一百多年前写下来的声音，每个音符自有魔力，能让人将自

己全心全意沉浸其中，时间从此不再流动，而琴声也永远不会停止，自己和周衡，和这台钢琴，和这个琴房，就是一个完整的世界，醉人而美妙。

可是……琴声突然停止，这个世界“咣”的一声，支离破碎，莫沫半天才恍然回过神来。

“今天状态不太好，不弹这个了。”周衡说完就把谱子收起来，神色有些尴尬。

“为什么？”

“找不到感觉。”周衡皱皱眉，技法练得很熟了，但感情若不到位，触动不了人心，琴声便失色一半。

“可是，我好喜欢你那天弹的。”莫沫说。

“哪天？”

“就是那天，我第一次听你弹琴，在周盼家，也是这首《爱之梦》。”莫沫说，“那天下午，我记得我在路上，一直在想，周盼真幸运，可以遇到这么爱她的人。爱情是什么，我不懂，但是你看周盼的脸，多幸福。后来我在楼下听到你弹的曲子，一下子就懂了，这就是爱情的音乐，听你弹琴，我就好像看到了爱情一样……”

莫沫见周衡一直盯着自己，突然结巴了：“我……我乱说的……”

周衡看着她，她已经掠着刘海，假装看窗外了。

他翻出几页前几天特意去复印的谱子，快活了起来：“莫沫，你来听。”

这曲子一弹出来，莫沫就笑了，是《卡门》中的那首《哈巴涅拉舞曲》，曲调就是那天她唱给他听的咏叹调《爱情像一只自由的小鸟》。

周衡边弹边看着她一起笑，弹完那段旋律之后，回过头来再弹，明显换成了伴奏的旋律。

“莫沫，来，一起。”周衡向她眨眨眼，一脸的期待。

她挑了挑眉，瞪大眼睛，才明白过来他的意思，于是扶着钢琴，随着曲调唱道：

如果你不爱我，我偏爱你，
如果我爱上你，你可要当心！
……
爱情很遥远，你可以等待，
你别再等待，它就在这里！

是谁在唱歌，卡门，还是莫沫？不管是谁，龙骑兵的琴声伴随左右，于是卡门看着龙骑兵，周衡看着莫沫，眼睁睁看着她的脸颊越来越红，他微微笑着，看着这个一边唱歌一边脸红的卡门。

当最后一个音落定后，卡门便消失了，琴房中只有莫沫一个人面对着周衡，周衡的手放在琴键上，眼神落在莫沫身上，好像卡门走了，龙骑兵还在。莫沫有些不好意思，低下了头，又忍不住偷偷瞄了他一眼，见他也看着自己，抿嘴对自己笑了笑，她心中一震，突然生出了温柔而坚定的力量，抬起眼来，望定他。

两个人静静无语，好像一切都不必说，就在这个时刻，莫沫眼前清亮透彻了，她清楚地知道此时此刻，莫沫喜欢周衡，周衡也喜欢莫沫，同时神灵告诉她，这一切，周衡也是知道的。

喜欢一个人，眼神会替你说出来。

莫沫走后，傍晚，琴房已暗，周衡并未开灯，在一丝明一丝暗的光线中，隐约还能分辨出黑白琴键，人都已经走光，全世界变得安静。

周衡边弹琴边回想着莫沫说的话，回想着初见她的那一幕。那个女孩说喜欢听他弹琴。她说那天在门外，他的琴声让她看到了爱情。他转过身去，她穿着白色裙子，光着脚站在门外，一头金黄色的长发，面颊是粉红色的，她像个安琪儿。他不敢说话，怕一说话她就消失。

弹奏吧，不要停下来，弹出来的每个音符都是有灵魂的，这一小节是粉白色的像樱花，那一个重音是枯黄色的像落叶，这一段是深深的蓝色，像星空。

星空下有一个人刚刚离去，但他又想马上见到她。

天，完全黑下来了，琴声虽绕梁，但也渐渐消失在黑暗中，周衡继续沉浸着，坐在钢琴前，一动不动。

灯突然亮了，门外响起轻轻的鼓掌声，周衡转过身来："音子？你还没走？"

门口立着一个短发女生，点头道："我现在一点也不担心你明天的比赛了。"

周衡这才想到明天的钢琴比赛，不过怕什么，前方有更需要期待的东西。

"一起回去吧。"那个女生道。

周衡轻轻放下琴盖，把琴谱理好收到书包里，还有两页，是那首《哈巴涅拉舞曲》，是月野兔还是卡门还是——莫沫，他把那两页琴谱夹到了《爱之梦》那一页。

* * * *

音乐厅前面的草坪上，正午的阳光肆虐着，周盼和莫沫一边吃着冰淇淋，一边等着周衡比赛结束。正门大厅离地面有几十级台阶，算着时间快到了，两人便登上台阶预备到大厅去等周衡，走了一半，却听见周衡在台阶下喊她们的名字。

周盼拉着莫沫往下返回：“你什么时候出来的？我们怎么没看到你？”

“我从另一个门出来的。”

那台阶有好几十级，莫沫看到周衡抬头仰看着自己，他像那天一样穿着白衬衫，一手抱着一叠琴谱，一手冲自己挥着，他对她微笑着，阳光在他身后，好像有一圈光环。莫沫觉得眼睛被光线刺到，她眯着眼，眼前的世界变小了，只容得下光环中的那个人。

莫沫心神一动，脚下台阶没几步，却鬼使神差的，左脚踩到右脚上，好疼！瞬间失控，她往前摔了出去，慌乱中，看到一个人迎了上来，她的脸撞到一个胸膛上，腰被胳膊搂住，强而有力，但惯性太大，她和他，自台阶而下，结结实实地摔在地上。

莫沫觉得一点也不痛，因为她整个人跌倒在了——周衡的怀里。

停下来的一秒钟，莫沫发现周衡紧紧抱住自己，她贴在他身上，同时贴在一起的还有一团化得乱七八糟的冰淇淋，隔着衣衫觉得凉凉的，脸上却烫了起来，她离他那么近，近到能感受到他的呼吸。

紧接着，莫沫就被一只手狠狠推开，滚到了地上，这下子，真痛了。

“你在干吗？看你干的好事！”是一个短发女生，她一把扶起周衡，凶巴巴地对莫沫吼道。

周盼把散落在地上的钢琴谱捡起来，扶起莫沫，对周衡说：“哥，你好帅，英雄救美！”

站起来一看，周衡和莫沫身上都有一摊冰淇淋，只得去附近商场买新的换上。店里T恤铺在门口，周衡拿了一件白色的，回头又看看莫沫，挑了一件同款女式的，往她身上比画。

“她是谁？”旁边那个短发女生忍不住问周衡，她当莫沫是团空气。

“我徒弟，上过我的钢琴课。”周衡又转身对莫沫说，“对了，你还没叫过我师父呢。”

“周——周师父！”莫沫说罢，想到学校门口有一家周师傅包子铺，便抱着周盼大笑。

笑完，看到那个短发女生仍是冷冷地看着自己，她瘦而清丽，玲珑娇小，面色却像一块冰，莫沫能清楚地看到她的嘴角撇了撇。

换衣间中，莫沫问周盼：“她是谁？”

“余音子，我哥的同学。”

“她是他女朋友？”

“你觉得他俩像男女朋友吗？”周盼耸耸肩。

换完衣服出来，莫沫和周衡并排站在一起，两件白色T恤，模样登对得不得了。周盼一旁打趣：“喔，情侣装啊。”

“下周我过生日，你要不要来玩？”周衡问莫沫。

“那天也是我的生日，我俩一起过生日。”余音子紧接着说道。

“你俩同一天生日？”莫沫问道，她看着他俩的手，并没有牵在一起。

“对，同年同月同日生，而且从幼儿园到大学，我俩一直都是同学。”余音子得意地说，再转向周衡时，神情温柔之极，那块冰瞬间变成了水。

这就是传说中的青梅竹马。

莫沫知道了，喜欢周衡的，不止她一个人。

“好，我来。”莫沫应了下来，别人是别人，周衡是周衡，是周衡问她要不要来，她只管听周衡的。

* * * *

到了周衡生日那天，莫沫才知道周衡和余音子的双人生日派对，原来是几十个人冷餐会这样的规模，他俩一路同学读上来，每每过生日便请来一堆同学，生日派对像同学会。

周盼那天有事来不了，莫沫便独自前往。她送他一副毛线手套当作生日礼物，周衡拆了直接戴上，说天冷时刚好缺手套，这礼物送得刚刚好。正说着话，他便被另一个寿星拉走去应酬。余音子穿了一身齐膝的白色纱裙，若加长到地，就像婚纱了。

自助酒会还真是雅致，怪不得他说周盼组织的化装舞会幼稚，相比之下，这里的确像是成年人的世界，但莫沫怀念那个夜晚，紫藤架下，月野兔遇到吸血鬼。

起泡酒很好喝，正好渴了，小小一杯，一饮而尽。在这里，所有人认识所有人，但是没有人认识她。

拿起一块三文鱼寿司，那边还有看起来好像很好吃的小蛋糕，索性吃个痛快，莫沫并未注意到一个戴眼镜的男生亦步亦趋跟在自己身后。

“同学，你好。”眼镜男生对莫沫打了声招呼。

莫沫吓一跳，回头一看，不认识。

“我是周衡的大学同学，你也是他同学？我以前没有看到过你。”

“我是他朋友。”

此时，有个家伙大声道：“来来来，四手联弹。”

莫沫看过去，厅中央有一台三角钢琴，周衡被拉到钢琴边，他对着那个家伙说：“每年都弹，都烦了，今年不弹了。”

周衡的声音马上就被起哄声淹没，余音子已经坐到琴凳上，拍拍边上的位置，眼望着周衡，周衡只好坐了过去。

莫沫头一仰，又是一杯酒，眼镜男生马上为她倒满，而厅中已响起钢琴声，他呵呵一声“莫扎特”，继续道：“他俩每次过生日都搞得像结婚，一会儿你看他俩切蛋糕，也是一起切，我们都建议他俩以后就生日这天结婚吧，省事了。”

“她是他的女朋友？”莫沫不相信。

她盯着钢琴前的这两个人，这四只手，就算莫沫不是钢琴专业，也能听出琴声无比和谐，完全不费力气便能随时一起弹出这样的旋律，绝非一天两天的默契。莫沫又喝完一杯，起泡酒像汽水。

再倒满，眼镜男生答道：“我猜是吧，他俩整天在一起，余音子她老爸还是周衡的导师，不是一家人不进一家门。”

莫沫不知说些什么，只得喝酒。她喜欢周衡的琴声，现在却夹杂着余音子的琴声，她坐在他身边，那么近。莫沫看到余音子看着周衡的样子，就像周盼看着她男朋友，满心满眼的欢喜。

那曲子在莫沫耳朵，就如酒在她嘴中，有些酸了。

她手中杯已经不知道空过多少次，甚至没有听清眼镜男生问她什么，她说："不好意思，你刚才说什么？"

"我是说，你有 MSN 吗？我加你好吗？"

"为什么？噢，对不起，我没有，这里有些闷，我想出去。"

"那我陪你到外面转转？"

"我一个人就行。"

"同学，你叫什么名字？我们能交个朋友吗？能留个电话吗？"眼镜男生着急问道。

莫沫扶着额角，头好晕，整间房子都好像在转。她往后退，腰磕到桌角，疼得眉眼一皱泪水掉了下来，眼镜男生想要去扶她，被她推开，慌乱中，莫沫只好道："不好意思，我先走了，我男朋友在外面等我。"

她想速速离去，一转身踩到另一个人的脚上，莫沫低头道歉，继续往前走，却被那个人一把拉住："莫沫，你刚才说什么？"

莫沫一看，竟是周衡，她刚才说什么了？她不记得了，只觉得头晕目眩。

"我说……祝你生日快乐。"

莫沫想抽出手，却被周衡更用力地拉住，她突然一阵恶心，捂住嘴，道："我想吐！"

周衡陪她冲到洗手间，她一进去就抱住马桶狂吐，周衡在门外着急地问她要不要去医院。

过了一会儿，莫沫听到余音子的声音，催他一起去切生日蛋糕，她便在里面喊道："周衡哥哥，我没事了，我洗洗脸，马上就过来吃蛋糕。"

外边的人走了，安静了，里面的人也吐完了，舒服了，却也虚了，莫沫扶着墙站稳，远远看到厅中一片欢闹，那场面与她之间，像是间隔了一个时空，看得到，却触不到。

莫沫开始怀疑自己，是不是自作多情，她跟着周盼叫他周衡哥哥，他对她不错，也许因为当她是妹妹了，想到这些，心中就乱了方寸，再也不想凑近去看个明白，她不想看到他俩一起切蛋糕，像结婚一样。

她逃离这里，夜风中夹着雨，冷冷的好像很伤感。喜欢上一个人，以为他也喜欢自己，设想会发生些什么，到头来却发现他另有女友，简直是出师未捷身先死，是蠢死，她觉得自己太傻。

她记得周盼问过她："若是我哥有女朋友了怎么办？"当时她用很硬气的口气回答："那我就当自己从来没有认识过他。"

莫沫想笑自己太天真，嘴角都已经往上翘了，眼角却往下坠，好奇怪的一张面孔。

喝酒会醉，用情会伤，这真是个教训——下次再不准自己喝这么多的酒。

她却不知她走后，周衡满大厅地找她，却不见她人影，直奔到楼下，一个电话一个电话地打，她也不接。听她刚才说有男朋友，这是真是假？从未有一个女生让他有这般念想，那个告诉他"听你弹琴，我就好像看到了爱情"的女孩子，到底有没有男朋友？

他也自然不知道，自己在楼下时，余音子满场子找他，一个电话一个电话地打，她耳边听到的都是温柔的声音“您拨打的电话正在通话中”。

莫沫的手机被调至静音状态，在背包里默默地闪着。

* * * *

第二天声乐课上，莫沫疲惫不堪。

声乐老师是个银发老太，今天上的课是一出喜剧中的选段，莫沫唱着唱着，越唱越悲伤，老师停下弹奏，道：“莫沫，你在唱什么？有没有在家好好练？”

莫沫低着头，老师继续厉声教训她，话有半句没说完，只听莫沫哑着嗓子道：“老师，我喜欢上一个人……”她说不下去了，抽泣起来。

好像在落泪前加上一句“喜欢上一个人”，便可以解释一切。

老师一怔，叹了口气，翻出另一本乐谱：“你哭吧，我找出悲剧给你唱。”

而那边厢，周衡盘腿坐在钢琴凳上，已有小半天，他看着黑白键，像得了厌食症，突然对食物没了兴趣。

周盼轻手轻脚进来：“哥，我问你一件事。”

“正好，我也要问你一件事。”周衡道。

“我先问，”周盼抢着说，“哥，余音子到底是不是你女朋友？”

而周衡也同时问出来：“莫沫到底有没有男朋友？”

两人一怔，周衡道：“谁说余音子是我女朋友？”

周盼大笑起来："我再也不管你俩的事。"

待周盼离去后，周衡把手放在琴键上，弹出第一个音。

还好还好，她若是有了别的男朋友，自己现在怕是连琴也弹不动了。

* * * *

莫沫没想到这么快又见到周衡。

周盼拖莫沫一起去机场接弟弟周望，他前段日子去美国亲戚那边过假期。

一上车便发现司机是周衡，他回头看了看她，莫沫却掠着刘海别过脸去看窗外风景。

大厅到达处，莫沫挨着周盼，周衡走过来，挨着莫沫，莫沫瞥了他一眼，绕到周盼另一边，没一会儿，周衡也跟着绕了过去，继续挨着莫沫。

周盼朝天翻着白眼："我接好周望后直接回我外婆家，你俩谁也别跟着我。"

周衡讪讪地看着莫沫，莫沫不理他，只顾和周盼说话。

她已经知道他原来是没有女朋友的，他原来也是喜欢自己的，便故意不理他，要他着急。

周望从不远处推着行李出来，向他们大声招呼着。虽是一米八的个子，时下最潮的打扮，但毕竟还是高中生，小孩子样，话多得一箩筐。他一到，温度马上升高，一个拥抱接着一个拥抱。

周望站在周衡身边，身高还差几公分，一个动，一个静，面容却越看越像，莫沫心中暗想，果真是兄弟。正想着，便被周望一把搂住，直道："莫沫姐，你想不想我，我都多久没见到你了，你也不到我家来找我玩。"

周望最早见到莫沫时，他还是初中生，第一眼便喜欢上漂亮姐姐，说长大要找莫沫姐当女朋友，小孩子的话谁信，此言常被周盼拿出来取笑，而莫沫永远当他是小，所以便回他："我想你干吗？你不来吵我就很好了。"

周望一手搭在莫沫肩上，一手捂住胸口，装模作样伤心了："你没想我啊，我的心在流血……"

周盼嘲笑："心不流血怎么活？"

周衡左看右看，拆鸳鸯似的把周望从莫沫身边拆出来，揪着他往前走："周望，美国怎么样？去那边读高中吧。"

"我才不，这样会见不着姐姐们的。"周望还不忘记回头扮个鬼脸。

这一路，周望和莫沫坐在后座，周衡开着车眼看前方，耳后只听周望不停地同莫沫说话，大约还把自己特意买的礼物送给莫沫，有不少CD。他一张一张评论着，谈笑风生，很是起劲，周衡恨不得用光速把周望送到家。

总算任务完成，见着周望朝莫沫飞吻告别，大声叫道要常找莫沫姐玩时，周衡赶紧开车掉头就走。

路上，周衡对莫沫说："下周系里要办一个酒会，迎接一位旅德的钢琴大师，你陪我一起去吧。"

莫沫却道："干吗找我？"

"陪我一起去，好不好？"周衡求她，低声下气的。

莫沫低着头，忍住笑："你请我，我就陪你去，还有谁去？"

"我同学，还有老师们。"周衡快活起来。

"那个——余音子去吗？"

"她爸请的人，她当然去，她爸是我们钢琴系的教授。"

"你俩，好像很要好的样子。"莫沫还是忍不住这样问了，酸溜溜的。

"她以前是我家邻居，我们从小在一个院里玩的，我只当她是我朋友。莫沫，你，别误会……"周衡一个急刹车，差点闯了一个红灯。

"好好开车！"莫沫叫道，开始琢磨他刚才说的话。他担心自己误会他了，急吼拉吼地开着车也得解释清楚，想到这儿，便忍不住得意了。

* * * *

酒会那天，周衡和莫沫像约好了，都穿着上次买的白T恤，T恤牛仔裤配跑鞋，莫沫将马尾辫扎得高高的，左右一甩头，一副青春无敌的模样。过马路时见车多，周衡便拉住莫沫的手，莫沫觉得酥酥麻麻的，恨不得闭着眼，任由他牵至天涯海角。

傍晚时分到了宴会厅，见余音子穿了身淡紫色的小礼服裙等在门口，手中拿了一套黑色西装，看到周衡便急忙跑过来："我才知道，原来是要正式着装的，来不及跟你说，赶紧到你家，让你妈把你的西装找了出来，那边有更衣室，你去换一下。"

说罢，余音子的目光移到莫沫身上，自上到下打量了一番。莫沫低头看了看自己的跑鞋，又看了看余音子的小高跟，道："周衡哥哥，你自己进去吧，我到楼下商场里逛一会儿等你。"

说完便转身往电梯方向走去，没走几步，便被拉住，周衡在她身后道："我们一起进去。"他并未换上那套西装。

宴会厅中，T恤牛仔裤配跑鞋的周衡和莫沫在一堆西装和小礼服裙中显得格外扎眼，但见周衡自在大方，莫沫的拘谨感也渐渐消失。

一群人围着那位叶教授，周衡径直走了过去，恭恭敬敬，向叶教授介绍自己后，便道歉，因为没有看清邀请函，穿的是便装。

叶教授笑道："没关系，年轻人就应该有年轻人的样子，是你们余教授，非要搞得这么正式。"

"叶教授，希望能得到您的指导。"周衡很憧憬。

"我知道你的，周衡，很不错，有机会听你弹琴。"叶教授拍了拍他的肩。

莫沫在周衡身边，无端地骄傲起来，她喜欢的人自然是最好的。

立在窗前，莫沫问他刚才为何不换上正装，她自己在楼下等他就是了，他轻声道："要是又跟上次一样，你偷偷跑掉了呢？"

"你不信我？"

"不信，所以得自己抓牢。"说着，周衡抓住莫沫的手。

男生的手真是不一样，宽厚而有力，他握她在手中，也许——他会放她在心上，这么猜着想着，浑身体温都仿佛升高，心跳得厉害，却动也不敢动，生怕一动，他就会松开自己的手。

这时，余音子走过来，对周衡道："和叶教授聊得还好吧？"

周衡道："他要来我们学校开大师班，我会报名。"

“我也报名，咱俩又是同班同学了。”她看到了周衡拉着莫沫的手，笑容转瞬即逝。

周衡却笑了笑，道：“音子，我们先走了。”

他拉着莫沫，越走越轻快，身后的一切被远远甩开。她只管随着他往前走，觉得自己飘飘忽忽像要飞了起来，有他在，她可以不必在意其他人其他事。

外面的天是浅浅的黑，华灯初上，莫沫跟在周衡身后打趣他：“估计你这辈子都得和余音子当同学了。”

“你介意吗？那我就不参加这个大师班了。”周衡说。

莫沫摇摇头：“我介意什么？”

“介意参加大师班这件事，以后会很忙，你要是不想让我去，我就不去。”

莫沫笑了起来：“这么好的机会，我干吗不让你去？再说我有什么资格不让你去？”

周衡停下脚步，看着莫沫，莫沫也仰头看着他，他身后是江边夜色，海关大楼的钟声缓缓敲响，对面的楼一幢一幢亮起了灯，这大概是上海最美的景致。

他拉起她的手，低头凑近她：“你要是我的女朋友，你就有资格不让我去。”他看着她，眼中全是热烈。

莫沫的脸一下子烧了起来，变成了哑巴，怔怔地望着他，说不出话来。

而周衡见她沉默，突然紧张万分，突然不能确定她心意，有些慌，有些结巴：“你……你愿意……你愿意做……做我的女朋友吗？”他小心翼翼地，掌心出了密密一层汗，握住莫沫的手更紧了，只要她还未回答，他就生怕她说出一个“不”字。

他笨笨的，说着从未说过的誓言，与在钢琴前自信的模样判若两人。

愿意！当然愿意！

莫沫猛地说不出话来，只得不停地点头，看到周衡的脸从绷得紧紧的到慢慢笑了，眉笑了，眼笑了，嘴笑了，她跟着也笑了，笑得像两个傻瓜，这简直是世界上最好的事了。

不知道是她扑到他怀中，还是他拉她入怀中，下一秒两个人就紧紧拥在一起了。他附在她耳边，说话的气息吹到她耳中，痒痒的：“你还没说呢。”

“说什么？”莫沫心中美得好像失去记忆。

“说你愿意做我女朋友。”

“愿意，我愿意啊！”江风吹来，将莫沫说的每个字都吹到空中，闪闪发着亮。

周衡捧着莫沫的脸，不让她有一点点防备，便俯身吻了下去。莫沫脑中瞬间空白，唇间软软的暖暖的，她闭上眼，觉得整个世界都停了下来，像过了亿万年，之后，整个世界又开始旋转。周衡将她抱起来转着圈，莫沫紧紧搂住他，仿佛飞了起来。

莫沫觉得 18 岁之前的日子都可以忘记了，从今天开始，从他吻她的这一秒开始，她就要过另一段日子了，这段日子一定是美梦一般的。

她觉得自己太幸福了，曾经以为爱情要历经九九八十一难，结果谁曾想她一步跃到西天，真经自动落到她手上。那些需要历经的磨难看来是别人的，自己的爱情一出世便如似火骄阳，在呼吸瞬间就被灼伤，一见钟情这四个字，是烫的。

原来爱情可以这么简单，在我喜欢你的时候，碰巧你也喜欢我，然后整个世界就亮了。

第二幕

很久很久以后，莫沫回想到这一天，时光就停在这台阶上，他背着她，两个人像孩子般斗嘴，这两句话翻来覆去，谁也不记得最后到底胜负如何，前面出口处是一片光亮，像是一段永远也走不完的路。

热恋是什么，热恋就是一天一百个吻。

隔一天相见，周衡都要拥着莫沫吻好久，一分开就想得不得了。

莫沫搂住他，问他是何时喜欢上自己的，他说是第一次见面，她又不依不饶，说不相信，为什么那时理都没理她，连个招呼都没打一声，他说，哪敢说话，生怕说错，收也收不回去。

这才放下心来。之前她想他的时候，他也在想着她，那些念想就算是有了着落，没落空。这样她便无端地得意起来，一切都那么完美，如有神助。

有爱便疯魔，莫沫一口气买了三双高跟鞋，足足十公分，理由是周衡太高，他是一米八九的身高，自己只有一米六五，总觉得够不着。

周盼扶着她颤颤巍巍地在楼道里练习走高跟鞋，说她还不如争取再长长个儿，还不算老。

为了跟周衡登对，这辈子都要穿着十公分的高跟鞋。莫沫坚定无比。

蹬着高跟鞋去音乐学院找周衡，穿着翠绿色的衣衫，用一根金色的缎带绑在头发上，莫沫在楼下喊：“周衡！周衡——”嗓音清亮，根本不需要宿管阿姨通知。周衡在三楼窗户露出个脑袋，说“马上下来”，他的脑袋缩了回去，窗户里又露出四五个脑袋一起看莫沫，有人吹口哨，莫沫向他们挥挥手，明星似的。周衡下楼来，搂住她，抬头对那帮男生喊“滚”，楼上一片笑声，周衡低头使劲亲了一下莫沫的脸，楼上又一片起哄声。

“别人看到啦！”莫沫逃开，羞红了脸。

周衡一把将她搂回来：“就是要让他们看到。”

一出校门，迎面走来一个酷酷的男生，戴着墨镜，穿着黑色机车夹克，莫沫盯着他一直到他走了过去，周衡把莫沫的脸拧了回来：“不准看别的男人。”

莫沫想到了什么似的，兴冲冲的：“我们要做情侣都要做的事。”

周衡贴近她：“是做这个吗？”说完又吻住莫沫。莫沫支吾了一句“才不是”，便被吻得说不出话来。

莫沫挣脱开去，笑道：“我们要去买情侣装。”

“我们不是有一样的 T 恤了吗？”

“哪里够？我们还要很多很多一样的！”

莫沫拉着周衡跑到商场，一阵风似的，先是到了卖太阳镜的柜台，挑了时下最流行的款式，一人一副，一模一样。

来不及让周衡歇口气，又拽他进了服装店，挑出一件黑色的机车夹克。

“我从来没有穿过这种……”周衡道。

“那就试试！”莫沫把他推到试衣间，自己挑了件同款小号。

两人一同出来，两件黑色机车夹克，并排站在同一面镜子前，莫沫掏出口红，大红色的，对着镜子凑近，重重涂满嘴唇，再把刘海拨得有些零乱，倚在周衡身边，作冷艳状：“帅不帅？”

周衡斜眯着眼，摆一脸的酷，如此配合，简直是最佳男友。

再一同戴上刚买的墨镜，连同夹克一起，完全就是一张爱恨纠缠、快意恩仇的电影海报。

冷不丁的，莫沫扑到周衡的怀中，狠狠地在他脖子上亲了一口，一个完美的红唇印留在周衡的脖子上。周衡伸手要去摸，莫沫拉住他的手，道：“不准擦！睡觉也不准擦！”

像盖了一个章，告诉所有人，他是她的，旁人不准轻举妄动。

他搂紧她，她贴着他，密不可分像个连体婴，大步走在路上，招摇过市。

穿着一样的衣服，还要一起去看电影。

电影在演什么，谁都不去关心，灯一黑，便挨在一起。抬头看一眼屏幕，还是宇宙洪荒，低头卿卿我我不知多久，再抬头时，屏幕上已经是外星人攻占地球，不知所以，却还能乐呵呵地看下去。眨眨眼就散场，将电影票仔细塞在皮夹子里，几年几月几时几分统统记录在案，她与他，就有了在一起的纪念了。

时间嫉妒有情人，好像长了脚，在他们面前跑得飞快，这一天到现在，已是满街灯光，但还算早，零点还没到，夜，刚刚开始。

在人民广场买了炸鸡吃，抬头看见大屏幕上有新闻，播报当晚 11 点有流星雨，看看时间还有 3 个小时，自然要等。周衡道：“在流星雨下我们可以许愿。”

“我要许愿，我们永远在一起。”莫沫道。

“笨呐！”周衡来不及制止，“许的愿说出来就不灵了。”

莫沫嘟着嘴，强辩道：“在我这里，说出来也是灵的，”又问他，“你说说你要许什么愿？”

“我才不说，因为在我这里，说出来就不灵了。”他不肯依她。

莫沫挠他痒痒，他逃，她追，一路跑远。

再走两步就到淮海路，路过一家店在放周杰伦的《简单爱》，周衡搂着莫沫，清清嗓子，道：“我给你唱歌吧。”

“我想就这样牵着你的手不放开，爱可不可以简简单单没有伤害……嗯哼哼哼哼哼……”

只两句便忘词，之后就一直在“哼哼哼”，莫沫大笑：“还好你是学钢琴的，不必记歌词。”

“哼哼哼”地从太平洋百货走到巴黎春天，一阵凉风，一阵豆大的雨，他们被逼进麦当劳，只好买了冰淇淋坐在窗前等雨停，快雨应快晴，谁知这急雨开始笃笃定定下起来，眼看着一夜都不会停的架势。

周衡说得对，许的愿说出来就不灵了，看，太早许愿，连机会都不给。

夜里 11 点，雨停了，灰蒙蒙的夜空中什么也看不到。“看不到流星雨，不等于没有，现在流星正在云上呢，”周衡安慰她，“所以就当作流星雨开始了，许愿就是。”

“这样不算，”莫沫不服，“这次看不到，这愿就不许了，我们约好下次再看，要一起看。”

肯定有机会，长长久久的时间里，总能碰到几次流星雨，将每次流星雨都看遍，也就长长久久在一起了。

周衡伸手过来，用手指擦了擦莫沫的唇边，她一愣，周衡道：“像个小孩，吃冰淇淋都能吃到脸上去。”

谈个恋爱，只把年纪越谈越小，莫沫拉着周衡不好好走路，在石板路上依着花砖单脚跳房子，慢慢跳着往前走，周衡便也随着她玩，只顾扶着她，眼睁睁过了零点到了第二天，却一点也不急着催她快些走完这段路。

大约是爱着一个人，才肯当她是孩子。

到家已是凌晨 1 点多，仍是一条接一条的短信，谁也不肯先放手。莫沫把手机放在浴室窗台边，一边冲着澡，一边等短信声，听到便马上擦干手看手机，回短信，周而复始，洗一个澡擦了好几次手，直到吹干头发窝到床上，靠着枕头，困得要命，还嘴硬说睡不着觉。

“弹琴给你听，要不要？”周衡问她。

“当然要！”

“听完就乖乖去睡觉，明天还要上课。”他像哄着一个孩子。

从手机里传来的钢琴声，是勃拉姆斯的《摇篮曲》，清澈而悠扬，每个音符像羽毛在耳边轻拂，仿佛是他对她的私语。想象着她和他一起坐在钢琴凳上，他的手指在键上轻抚着，而他的眼神却落在她身上，有一种前所未有的柔软的感触被无限放大，眼前似有星光落下，莫沫不知何时脸上有了泪痕。

一个人可以对另一个人如此这般，她未曾想到过。

周衡弹完最后一个音后，两人谁也没说话，静静的，挂断后，手机上他发过来一句“晚安”。她觉得这样就足够了，多一个音，多一个字，便是多出来的，而少一个音，少一个字，便是不够，这样，刚刚好。

莫沫抚摸着手机屏幕上的那两个字，“晚安”，轻轻道：“周衡哥哥，晚安。”

* * * *

和学音乐的人谈恋爱，自然常常会有音乐会，两人便一同去听。

是某某银行冠名的晚会，有室内交响乐，有歌剧选段，还有钢琴独奏。

台上唱歌剧时，台下莫沫微微张着嘴，跟着轻声唱两句，台上弹钢琴时，周衡的手不由自主在腿上跟着空弹。乐队上来时，周衡笑了，指着台上一位：“那家伙我认识，管弦系的，我跟你说，他特搞笑……”莫沫便混着交响乐声听周衡闲聊同学。

又过一会儿，周衡道：“我们不能听到最后。”

“为什么？”莫沫问道。

“散场时，抢出租车很难。”

“我们听完哪首走？”

“听完倒数第二首就走。”

听完，两个人就低着头弯着腰溜了出去，走到剧院外面等出租车。周衡道：“你将来要是在这里演出的话，我要做你的‘钢伴’。”

“那我要穿得特别漂亮，抹胸长裙，露肩，露到这儿，”莫沫在胸口比画着，“只戴一根钻石项链。”

“露得太多了！这么低，裙子会不会掉？”周衡看了看她比画的位置，想象了一下，很担心。

莫沫挺了挺胸：“怎么可能会掉？我撑得住！”

“那你要是上台演出，会弹什么曲子？”莫沫问。

“你喜欢哪首？”

“我喜欢《爱之梦》。”

“那我就弹这首。”

说得有模有样，好像第二天就要同台演出。

“好想和你一起做好多好多的事，比如一起演出，比如一起旅游，”莫沫道，“对了，还有一起看流星雨。你呢？你想和我做什么事？”

“一起吃饭，一起睡觉。”

“喂！流氓啊！”

“你不愿意吗？啊喂……疼啊！”

两个人嘻嘻哈哈扭作一团。

* * * *

某次周末的晨间音乐会，第一个登台的真的是周衡，他为一首独唱当钢琴伴奏。一众人齐齐到场，莫沫坐在周盼和周望中间，周望见着她，话就多得满坑满谷，姐姐长姐姐短，像只蚊子不消停，待周衡出场时，莫沫一巴掌拍过去，蚊子乖乖住嘴。

先是歌唱家上台，跟在后面的是周衡，——还有余音子。他着一身黑，她也着一身黑。

她上来干吗？莫沫皱着眉头。

见余音子坐到了周衡的身边，帮他摆好谱子，才知道她是为他翻谱。

演出开始，配合着歌声，周衡弹奏着，余光扫着谱子。余音子半站起来，手搭在谱上，看着他，见他微微点了一下头，便很快把谱纸翻了过去，又坐回他身边，几秒钟的动作行云流水，完全不觉得她在他身边的存在是一种生硬，而是无比地默契。

唉，难道不是应该讨厌她吗？讨厌所有喜欢自己男朋友的女人，是理所当然的事。但不知怎么，每次见到他俩坐在钢琴边，都让人觉得和谐无比，这大概就是时间的魔力，她与他，从小就在一起弹钢琴。

莫沫觉得这台上台下短短距离被拉长，将自己与周衡隔开很远，此时，在这音乐厅中，莫沫注定是观众，周衡和余音子注定是演员，他俩是一个世界的人，真般配。

竟不自觉联想到“般配”这个词，莫沫有些不是滋味，便安慰自己，她只不过是他的同学。

但见他俩离场，走回后台，门一关，再也看不到周衡和余音子在干什么说什么了，莫沫竟无法释怀，之后的一首四重奏听得心中杂乱无章，原来自己是个小心眼的人，见不得男友身边有别人，不管是在何时何地。

最后一个节目是二重唱，钢琴伴奏却是余音子，她一人一谱，身边并未有周衡，莫沫无端地安心下来——他俩总算不在一起了。

全场结束，全体上台来，有鲜花，有掌声，余音子站在周衡身边说笑着。莫沫直盯着这二人，转眼间，却见周衡捧着花从台上跳了下来，径直走到了观众席，走一路，周边观众的视线跟一路，悄声议论。莫沫呆呆地看着他朝自己越走越近，不知发生了什么，直到周衡走到她面前，把手中的花塞到她怀中，拥住了她。

边上人围了过来，认识的，不认识的，都开始鼓掌，有这样的浪漫场景发生在音乐厅里，实在算是加场演出了。莫沫只管埋头在他怀中，羞涩之极，骄傲之极，人生中有这么一场戏，应该是最风光的事了。

她抱着花，他抱着她，她觉得自己和花儿一样了，那情分浓到像胸前的花一样绽放开来，顾不得被旁人看到听到闻到碰到，她与他在一起时，便觉得世界上只有他与她两个人了。

余音子一人在舞台上，真的余下来了，脸上一点动静都没有，阴沉沉的，跟上去尴尬，留下来也尴尬，索性动也不动，远见周望倒是向她挥手，嘴形看上去在叫她一同过来，这倒解了围，罢了，只好走下舞台跟过去。

走近，正好撞上莫沫的一张脸，白里透红，映着笑，她有多开心自己就有多生气，她凭什么？此时周望在边上大声道：“下午我们去欢乐谷。”他提议去游乐场。

周衡问余音子去不去，她答曰“不去”，明明是周衡问她，她的眼神却落在莫沫身上，说不清道不明。

不去就不去，周衡道：“那我们先走了。”余下的人说走就走，统统散了，他们一伙人直奔游乐场，于是上午音乐会，下午跳楼机，日子过得任性恣意，快活就好。

呼啦啦上了跳楼机，一个个都是豹子胆，下来后，大呼小叫，全都腿软，连猫都不如，但还嫌不够刺激，再转战鬼屋。

里面阴阴冷冷，有人问怕鬼吗，莫沫和周衡拉着手，战战兢兢。

“我哥怕鬼，”周盼道，“小时候我和他看鬼片，我哥晚上睡觉时吓得要找妈妈，哈哈哈——”

听到这儿，莫沫觉得周衡的手一紧，便替他骂回去：“瞎说什么，鬼才信！”

说到鬼，鬼就到，张牙舞爪突然从边上角落里蹿了出来，一伙人都吓得叫起来。莫沫第一个念头竟不是害怕，而是“鬼来了，周衡怕鬼”，一闪念间，她一边尖叫一边用力把背包抽向那只鬼，趁那鬼惊魂未定，她又朝他的腿踢了两脚，鬼疼得大叫，她却只知眼前是只鬼，而不是人。

众人都忘记了害怕，一时不知帮谁，直到莫沫眼一花，未看清脚下有台阶，一个趔趄，周盼才反应过来拉住她，周望顺手扶住那只鬼。那鬼愤愤地将他们带到管理处，拍着告示，上面写着“不准打鬼”，莫沫红着脸，忍住笑，低声下气说抱歉。

被放出来后，周衡看着莫沫，突然大笑起来，搂住她靠在她身上：“我这辈子再也不用怕鬼，因为我的女朋友是钟馗。”

可是女钟馗却因为刚才没看清台阶崴了脚，酸疼不已，坐一路地铁回去，到站后，才发现站也站不直，脚踝上肿了一个大包。

周衡扶着她，她一瘸一拐，但眼见着前面有楼梯上去，电梯却坏了。

“来，我背你。”周衡弯下身来。

几十级台阶，他背着她，她在他耳边咬着耳朵，吹着气，美滋滋的：“你弹琴给我听，我帮你打鬼，你说咱俩是不是特别般配？”

“般配般配。”

莫沫的小心机得逞，“般配”这个词总算又落回到他俩身上。有人路过身旁，便回头看看他们，她更加搂紧他一些。

一辈子只有这个年岁，她肯让他背，他肯背着她，是最合时宜的画面了。

周衡对莫沫说：“我最近在 MSN SPACE 里写日记。”

“写什么？”

“写每天我们俩都干什么了。”

“我怎么没有看到？”

“我设为私密了，只能我自己看。”

“为什么？快放给我看看。”她撒着娇。

“让我写得再多些，以后，很久很久以后，比如十年二十年以后，到时候我们一起看，然后会说，喔，原来某年某月某日，莫沫打鬼，却把自己的脚给崴了。”

她敲着他的头，他停下来，将她往上托了托，她笑道：“你还要记上一笔，莫沫脚崴了，周衡背莫沫上楼梯，这就叫作‘猪八戒背媳妇’。”

“你承认你是我媳妇咯？”

“你承认你是猪八戒咯？”

很久很久以后，莫沫回想到这一天，时光就停在这台阶上，他背着她，两个人像孩子般斗嘴，这两句话翻来覆去，谁也不记得最后到底胜负如何，前面出口处是一片光亮，像是一段永远也走不完的路。

* * * *

周衡要参加钢琴比赛决赛了，余音子爸爸要他常来家中练习，亲自指导。莫沫有一周也没见到过他，她对周盼说，好像又回到单身时候，只不过多了晚间电话。

周盼问：“你觉得单身好，还是现在好？”

“当然是现在好！”

“你有没有想过要是有一天你又一个人了，怎么办？”周盼苦着脸，莫沫知道她最近又跟男友吵架，他俩每次吵架都轰轰烈烈，摔东西踢门说分手，可过几天又甜如蜜糖。

莫沫道：“我才不去想这个问题，我俩不会分开，所以你也不要去想，你跟他会结婚的，会生两个孩子，一个男孩一个女孩，你不是一直想这样吗？”

“你跟我哥吵过架吗？”

“没，我觉得我们俩这辈子都不会吵架，根本没有机会，我很爱他，他很爱我，为什么要吵架呢？”

“天真！你俩肯定会吵架，就像我跟我男朋友，”周盼摊着手，“时间久了，什么都会发生。”

“我一辈子都会这么天真的！”

“做梦！”

周衡比赛却失误，没有进入决赛，莫沫安慰他：“又不是这辈子只有这么一场钢琴比赛，下次再努力啰。”

余音子在一旁道：“那是因为周衡你最近练琴太少。”

“还少？他不是一直在你家练琴吗？”莫沫问她。

余音子斜了她一眼，道：“我指的少，是一天没有练够十个小时。”

这时，马路对面有人在喊余音子的名字，莫沫一看，是个男生，待站到他们面前时，才看清面貌，应该是比他们要大几岁的高年级学长。

“音子，你在这儿？”他只同余音子打招呼，眼中并无其他人。

余音子不理他，挪开了几步，对周衡说：“我爸说要找你，我们一起回去吧。”

周衡“唔”了一声，转身对刚来的那个男生道：“戴锦程，你回学校吗？我们一起走。——这是我的女朋友莫沫。”

莫沫向那个叫作“戴锦程”的男生笑了笑，见他面目清秀，身材瘦瘦的，高出自己半个头。

四人搭乘一辆出租车，周衡先推莫沫往后边坐，自己抢着坐了副驾驶位，接下来，怎么坐法，余音子都要和戴锦程挨在一起了。

莫沫心中暗笑，戴锦程一定喜欢余音子，而余音子一定不怎么喜欢他，一路上都没怎么理他。

到了学校门口，周衡对那两人道：“我和莫沫先去吃饭，音子你跟余老师说一声，我晚点过来。”说完便一把将莫沫拖走了。莫沫回头望去，见余音子和戴锦程一前一后，也走远了。

“他俩有戏？”她问他。

“看老天负不负有心人了。”

“但愿他俩有戏。”

* * * *

深秋时节，周盼和男友提出一起出去爬山露营，这次余音子倒是参加，周衡和莫沫，加上周望，一众六人，三男三女便出发了。

山路上，周望和莫沫哼着同一首歌，他从美国带回来的 CD，一样买两份，一份留给自己，一份送给莫沫。两人都喜欢同一个歌手，都爱唱，一个唱了上一句，另一个就接下一句。

周衡却被余音子缠住，小声谈着什么，好像是比赛的事，又好像是演出的事。莫沫看在眼中，想插一句话，也插不进去，她又不懂钢琴，她只懂唱歌，所以故意地，和周望一唱一和，越唱越热闹。

在一个岔路口，周盼和男友选择走了另一条小路，余下四人走大路到了山顶，过了好一会儿都没能等到周盼。手机信号全无，天色又渐晚，周衡和莫沫返回去寻，林间不见人影，莫沫的胳膊缠上周衡的颈间，瞪着他，道：“不准和余音子说话！”

“欸？”周衡回过神来，抱着莫沫大笑，“好酸，哪里来的醋味？”又道：“你想太多，她只是我同学，我们谈的都是学校的事，音子她其实人很好。”

莫沫嘟着嘴，一脸不以为然：“所有喜欢你的女人都是坏人。”

“她怎么可能喜欢我？她自视甚高，”周衡捏着她的脸，又道，“那你也不准和周望唱歌！”

这次换作莫沫笑他：“周望只是个小孩子。”

“他也是个男人，”他环着她的腰，“而且他喜欢你。”

莫沫眯起眼：“喜欢我的人很多，你要当心——”

话未说完便被周衡的唇堵住，瞬间就吻得昏天黑地，把寻找周盼的事抛到了脑后。

直听到一声轻咳才分开，转身见来路上有周盼和男友，边上还有周望和余音子。

“听说是找我去了，怎么把自己丢在这里了？见色忘友啊？”周盼使劲笑他俩。

灰暗光线下，全然看不清莫沫红着一张脸，莫沫却看到余音子直直盯着周衡，像看着一个陌生人。

帐篷只借到三顶，周盼和男友，周衡和周望，莫沫只得和余音子。

尴尬，却也只得挤着挨在一起睡。余音子问她，是何时认识周衡的，莫沫便实话实说，算起来连半年都没到，怎么却感觉自己同周衡过了很多年。

余音子轻轻哼了一声“这么短”。莫沫反问她认识周衡多少年。

“十五年。”

莫沫和周衡在一起的时光，连余音子的一个零头都不到，不过这有什么，自己和周衡在一起的一天，便胜似一年。

再醒来时，还是漆黑不见五指，身边已无余音子，周盼伸头进来，将她拖出帐篷。莫沫迷迷瞪瞪地披着租来的军大衣，渐渐只觉得四周开始发白，但远处却是一片迷茫，仙境似的。

“我们可能看不到日出了，”周衡说，“雾气太大。”

真是五步之外就看不清人影，更别说日出了，周望只是往远处略走几步，便不见踪影。

“你还记得我们上次一起看过的日出吗？”余音子对周衡说，“那次真美。”

“哪次？”周衡一时想不起来。

“去年班里组织的那次啊。”

周衡这才想起来，开始和余音子回忆那天以及那天的好笑事——只有他俩觉得好笑，莫沫在一旁完全听不懂，一个个人名全都是陌生的，今天这样子是肯定看不到日出了，周衡和余音子竟越聊越热闹了。

莫沫觉得自己运气太差，想看流星雨时下雨，想看日出时起雾，她急得直跺脚，揪着周衡的袖口道：“想看什么都看不成，真倒霉。”

周衡拉着她走到山顶的边上，底下就是悬崖，目尽之处，仍是什么也没有，他直将莫沫裹进自己的军大衣里，头顶着她的额头，哄着：“没事，看不成就不看了，我看着你就成。”

“看我干吗？”莫沫郁闷着，“我是太阳吗？”

“对，你是太阳，你是我的太阳啊。”

莫沫看到周衡对着自己笑，眼睛笑得弯弯的，她觉得他刚才说的话就像太阳一样，将自己晒得从心底里暖了起来，管它再大的雾再黑的夜，只要挨在他身边，就像永远走在晴日中。

雾越来越大，下山时，周衡蹲下来帮莫沫把鞋带系紧的这点时间，他们居然和所有人走散了。见无人了，莫沫便问他：“你跟余音子同学这么久，怎么没有喜欢上她？”

周衡有点恼，又有点想笑：“这什么狗屁问题，你怎么不问我为什么喜欢你？”

“那，你为什么喜欢我？”

“我哪里知道？”

莫沫哑然失笑，她自问，她也是不知道自己为何会喜欢周衡的，帅，会弹琴，的确如周盼所说，天下有的是这样的男生，她难道会见一个爱一个？只是因为她碰到了他，只是因为他是他，她一见就欢喜，大概如此而已。

* * * *

回到家时已经很晚了，手机响了，却是一个不认识的号码，接起来一听是周衡的声音：“快找找我的手机，是不是还在你包里。”

一摸，果真在，大概是晚上一众人吃麻辣烫，他一下子腾不开手，就把手机顺手放到她的包里了。

“明天我给你送过去，”莫沫道，“你现在在哪儿？”

周衡在路边电话亭，他甚至等不及到学校，为此买了一张电话卡，放心下来后，便又开始聊，从天聊到地，真是说不完的话。“对了，你的电话卡一会儿要是打完了呢？”“打完最好，反正以后也用不着。”

今天没看到日出，现在却看到月亮，周衡问：“你能看到现在的月亮吗？”

莫沫奔下楼去，抬头看，月亮又圆又远，明亮又温柔。

“现在我们不在一起，但能一起看月亮。”

“但愿人长久……”莫沫道。

周衡接道：“千里共婵娟。”

长久，是要用很多天很多年累积搭成，莫沫觉得此刻就是长久，天上一日地上千年，这时间一眨眼就像是过了一百年，她和他正是在天上，而非在人世间。

“电话卡还没打完，莫沫，我想听你唱歌。”

“唱着唱着你睡着了怎么办，就只能露宿电话亭。”

“你说，我还能为谁风露立中宵。”

电话那边传来莫沫的歌声：“Moon river,wider than a mile,I'm crossing you in style some day...”

这首*Moon River*，不像是唱出来的，倒像是低吟，轻到极致，丝丝入耳。周衡觉得她离自己近得不能再近了，她搂着他的脖子，伏在他耳边低声细语，他知道只有她会为他一个人而歌唱，而他也只听得到她一个人的歌声。

莫沫唱到一半，电话便断了，那张电话卡应是寿终正寝，周衡想是听不到她的歌声了，但莫沫仍继续唱下去，直至结束。

回到屋中，拿出周衡的手机，十几个未接电话都是余音子的，就这样拿在手中时，余音子又打了进来。

莫沫接了，余音子在那边问道：“怎么是你？周衡呢？”

“他现在不在我身边，他……”莫沫本想解释是周衡把手机落她包里了，话未说完，余音子便挂了电话。

她应该是误会了，那就随她误会好了，莫沫想了想，竟开心了起来。

第二天一早便匆匆赶到音乐学院，却被余音子拦在校门口："手机给我，我上课时带给他。"

莫沫道："我和他约好在琴房里等，我自己送过去。"

余音子沉下脸来："莫沫，你不觉得你来找他的次数太多了吗？"

莫沫觉着被噎着："我是他女朋友。"来找男朋友，天经地义。

"你最好最近少来找他，我们要考试了，你会影响到他。"余音子竟也说得天经地义，她是他妈？

莫沫挺了挺胸，绷直腿，高出她大半头来："他是我的男——朋——友！我想什么时候来找他就什么时候来找他。"

余音子气势也不输她："你不觉得他钢琴比赛复赛没通过，也是因为你缠他时间太多？"

莫沫挑了挑眉，才不管，从余音子身边别过去，径直就往前走，她又不是周衡的妈，管得这么宽，不过碍着她是周衡口中的"好朋友"，莫沫也不想多和她说些什么，算是给她面子了。

在琴房中找到周衡，便把刚才的对话告诉了他，气鼓鼓的，周衡笑道："你别理她，她从小就这样说话。"

本想抱怨一下就好，没想到周衡却护着她，他的话中有两个"她"，只有一个"你"，他竟偏向"她"。

"她欺负我！"赶紧把"她"的罪行点明。

周衡仍在笑，视线已转到琴谱上，摸出几个音："她欺负你干吗？"

"我讨厌她，你别去她家练琴了好不好？"

"这怎么可能？她爸是我导师。乖，别闹，她从小就这个脾气。"

"从小，又是从小！你可算是跟她一起长大的了。"

“可是我的确跟她从小就认识，我还希望你俩能相处得好一些，你是我的女朋友，她是我的好朋友，以后她有男朋友了，我们四个可以在一起玩。”

周衡在说梦话吗？他不懂，两个喜欢同一个男人的女人，是天敌。

他知道余音子喜欢他吗？

但先把眼前的仗打好：“她故意的，她针对我。”

“她不会的，你最乖了，别生气。”周衡只是心不在焉地捣糨糊。

莫沫越发气了，拔高了声：“她有脾气，我也有脾气！”

“你们都有脾气，那我怎么办？”周衡嗓门也跟着上去了，接着又低了下来，“求求你，你看我还有课要上，我得赶紧练琴！”

“练吧练吧，总之我不重要！”莫沫转身就走，甩出一阵风来，丢下一句话：“你别理我，我也不想理你！”

腾腾腾，十公分的高跟鞋，不管脚趾肿疼，步步如飞。

还没走出校门口，胳膊便被后面追来的人拉住，是周衡，跑得气喘吁吁。

她被扯进他的怀中，他在她耳边轻叹：“你不理我，我也得理你啊。”

莫沫绷着的脸笑了，他能来追她，就已抵过刚才的不开心。算了，不开心的事就当作灰尘一样抹去，只要周衡对自己好就行。

* * * *

真是快到考试，莫沫窝在周衡的琴房里，一个背书，一个练琴。

背书的时常走神，抬头看着练琴的，再低头时，刚才书看到哪儿了，找也找不到。

窗外渐黄昏，练琴的正在练一支曲子，专注到与这个世界分离。认真的人最是迷人，她看着他，觉得他像在另一次元，浑身有光环。

他的手指白皙而长，灵活有力地落在黑白键上，琴声舒缓而美妙，她无端地想到他的手指若是落在自己身上，会是怎样的感觉，就这么想着，脸开始发烫。

琴声急促了起来，似雨点，先是小雨，至中雨而转暴雨，浑然成为一个世界，无须掩饰，只须暴发，如惊天动地的山裂，如席卷一切的海啸，将她带至世界尽头，她却无所畏惧。

她觉得一颗心要从胸腔中跳了出来，在天然的一念间，由着自己，直奔至窗口，伸出半个身子，向外大喊："周衡，我爱你！"仿佛这几个字不喊出来，它们就要在胸口爆炸。

周衡的手指并未停下来，黑白色像卷起了风暴，他在旋风中心，无法停止，漫天风沙围着他旋转，昏天黑地。

渐渐，转至湖面，夜深，空中一轮圆月，眼前一片幽蓝，仿佛有白鹭划过，湖面上，有花香，有鸟鸣，然后，万物寂静。

不知过了多久，莫沫的思绪才转回现实，手一抹，脸上湿湿的，竟流下泪来。

琴盖已盖上，周衡拥着她，轻声道："莫沫，我也爱你。"

莫沫觉得他们俩会永远这样快活，没心没肺地爱到 80 岁。不过，管 80 岁干吗，活到 40 岁就够了，因为 40 岁就老了。

* * * *

年末。

满大街唱着“平安夜”，又过几天，满大街改唱“新年好”。

说好本年度最后一天要一起待到零点，在外滩看新年亮灯，但在此之前周衡还得当次搬运工，将两箱水果送去余音子家，父母之命。

“我们速去速回，”周衡承诺，“年年都有这个任务，以前在一个小区，今年她刚搬了新家。”

“你们两家这么要好？”莫沫问道。

“我爸和她爸是同学，又是邻居，两家的亲戚都互相认识。”

“真有趣，同学这关系也可以遗传。”

“其实她人挺好的，以后多在一起玩玩，你就知道了。”

莫沫撅着嘴没理他，余音子的好只是对周衡。

到了余家，大人都不在，只得余音子一人在家等水果。

让进来喝杯茶，周衡问她晚上有何节目，莫沫实在担心他会邀请余音子一起出来玩，还好余音子说感冒了要早睡，这才放下心来。

莫沫见余音子就这样病恹恹地窝在沙发中，冷冷清清的，想到周衡先前夸她的，心想大概她这个人真的就是这样冷清，谁来都一样，也许，真是想多了，自己和周衡板上钉钉，怕她什么？她有心无力。想到此，莫沫心情愉悦，一会儿要和周衡在一起迎新年的，实在是应该快活。

快活的人看谁都不错，莫沫主动和余音子聊了几句，温温和和的。

周衡又说到出国留学，余音子说还是要走，就看是明年走、后年走还是毕业走了。

莫沫不懂，只得穿插着问进来：“你要去哪儿留学？”

“美国。”余音子答道，斜着细细的眼看着莫沫。

这一听，莫沫一百个放下心来，原来余音子是要去美国的，她与他，她与他和她，就会再无关系，莫沫简直内心雀跃。

唉，干吗这么在乎她，只因她离周衡太近。太爱一个人，爱到草木皆兵。

街面上，人流如潮，外滩附近的地铁站都关闭，周衡问她：“走过去好吗？你会不会累？”

“不累！和你在一起，走很远很远，我都不会累。”

走到高楼和高楼之间，一阵猛风吹过，周衡背着风把莫沫搂在怀中，用大衣把她整个人捂在怀里，他的下巴抵住她的头，她在风中紧紧抱住他。

至江边，风小了，人却极多，黑压压都挤在外滩等亮灯，周衡紧紧拉住莫沫的手，生怕一松开，她就失散在人群中。对面震旦大楼整面墙打出“HAPPY NEW YEAR”的灯光字样，挨着的渣打银行墙上闪着的是“新年好”，深夜却亮如白昼，火树银花不夜天。

“一会儿我们要来个最长的吻，”周衡搂住她，“从今年吻到明年，跨年之吻。”

莫沫道：“到了明年这时候，我们就到对面去过年，从明年再吻到后年。”她指了指江对面的陆家嘴。

“好，今年我们浦西，明年我们去浦东。”

“那后年呢？”

“后年我就毕业啦！”周衡道。

“那又怎样？”

“毕业后那一年我也许就不在上海了。”

“周衡！”莫沫突然急得不得了，“周衡！”她把周衡的脸侧过来，对准自己：“周衡哥哥！你会走？会离开上海，离开我？”

“我当然不会离开你，莫沫，我只不过可能会出国留学。”

“你？你也要出国？”

边上开始新年倒计时，一整面楼的外墙上用灯光打着新一年的年份，由10开始，9、8……所有人都跟着跳动的数字叫，声音越来越大，莫沫却仿佛什么也听不到。

心急如焚，还管什么过不过年。

“周衡，你要去哪儿？”

7、6……

“时间快到了，听，听报数，——可能去美国。”

5、4……

“你也要去美国？”

3……

“没想好呢……是可能去……干吗哭啊……笨蛋！快许愿，新年快到了！”

2……

“我们永远在一起！”

周衡紧紧拥住莫沫，吻住她。

1！

他和她，从去年吻到了今年。

旧的末日，新的一天。

第三幕

出国，回来，这些对莫沫来说，好遥远，谁会在18岁时去想将来？人生得意须尽欢，要对酒当歌，要爱恨交缠，管它人生几何，去日苦多，18岁那年，即是永远。

过完年，便是周盼生日。

打算闲散地在家过，叫外卖，烧烤，喝酒。莫沫拎来蛋糕先到，周衡因为要考试，最晚到，顺便带来了余音子，谁叫周盼也从小认得她，熟门熟路。

周盼和男友去烤鸡翅，周望和周衡在搬饮料和酒，莫沫和余音子一起收拾桌子。这几天，莫沫心中一直在想一件事，想得翻来覆去，这次碰到索性直接问出来："音子姐，你跟周衡是要一起出国留学吗？"

"对，"余音子眉眼也不抬，"早就说好的。"

"什么叫作'早就说好的'？"莫沫接着问。

"我们以前就讨论过去哪个学校，要去，就一起去，在国外，互相也有个照应，早就说好的。"余音子抬起头来看着她，像看着一个刚认识的人，很疏远地笑笑。

她要将她拦在千山万水之外。

莫沫冷在原地，这些她都不知道，正牌的女朋友什么也不知道，而眼前的青梅竹马知道所有的细枝末节。

来不及私下问周衡，众人便开始下一环节，玩游戏，莫沫打足精神，过了周盼的生日再说。

游戏规则是，一个人蒙着眼敲杯子，余下的人传一只绒毛小猪，敲杯子的人停下时，要在蒙眼状态下要求拿到小猪的那个人做一件事，当然他不知道拿到小猪的人是谁，双方谁都不得反悔。下一轮便由拿到小猪的人敲杯子。

先是寿星公周盼，她戴好眼罩开始敲杯子，停下后，也不知道是谁拿着小猪，便道："拿到小猪的人要倒立，同时大喊三声'周盼我爱你'！"

她扯下眼罩时发现周望幽怨地抱着小猪望着自己，问："姐，真的要这样喊吗？"

"当然要！快！"

周望只得倒立到墙上去，三声大喊："周盼我爱你！周盼我爱你！周盼我爱你！"

哄堂大笑。

第二轮，敲杯子的人换成周望，他停下时，故弄玄虚半分钟，道："拿到小猪的人，不管是男是女，都要亲一下在座的每一个人——包括我！"

"要是男的呢？周望，你让一个男的亲你？"周盼大叫。

“是男的我也认了，但 50% 的可能性是女的啊！”周望得意洋洋地摘下眼罩，见着拿着小猪的人，那神情又幽怨了，居然是未来的姐夫。

小猪在周盼的男友手上。

周盼一副要掐死周望的样子，姐夫也只好边笑着边一一亲过来，说是亲其实就是贴了一下面，贴完还道声“不好意思”，最后只剩下周望。姐夫改了面孔：“臭小子，看我不亲死你！”周望尖叫着逃到花园中，自作孽不可活。

轮到周盼男友敲杯子，停下来时，他道：“拿到小猪的人把左边那个人的酒一口气全部喝光。”

这次是莫沫，她只好把左边周盼刚开的一瓶啤酒喝到见底。周衡要拦着，周盼不让他拦，直叫道：“这才是我伴娘的风范！”

轮到莫沫敲杯子，停下时，她道：“拿到小猪的人围着客厅跑 10 圈，然后一边跑一边背唐诗，‘白日依山尽’那首。”说完摘下眼罩一看，小猪在余音子手上。

余音子没有办法，只能围着客厅开始跑，边跑边背：“白日依山尽，黄河入海流。欲穷千里目，更上一层楼。”跑着跑着，竟踏着诗句的节奏，带出韵律来，周衡笑到打跌，说以后毕业时一定要让余音子在班里表演这一出。

跑完，轮到余音子敲杯子，停下来之后她想问题，想了很久：“我可不可以抄之前提过的？要拿到小猪的人亲在座的各位，这个看上去最好玩。”

便听周望叫道：“不行不行，这是我用过的，要么你改一下？反正不能完全一样。”

余音子依旧蒙着眼：“那改一下，就亲我一个人好了，拿到小猪的人亲我一下。”

四下无声，余音子摘下眼罩一看，小猪在周衡手上。

好尴尬，周盼开始笑，笑得不自然，想说什么，嘴里咕噜着，也没咕噜出一句话。

余音子面无表情，定定地看着身边的周衡，莫沫也盯着周衡。周衡勉强地笑着，却不看任何人，一闪念间，他侧身过来，贴了一下余音子的面颊，莫沫觉得那一秒自己的呼吸停止了。

然后所有人都松了一口气，都生出一种“赶紧结束”的想法来。周盼拍着周望，让他把酒再拎过来几瓶，莫沫起身去厨房找了块剩下的蛋糕吃，谁也不想再玩了，一种不可名状的气氛弥漫开来。周衡起身对周盼道：“我们得走了，太晚了。”

周盼赶忙抓住男友：“你开车帮着把音子姐送了，她家远。”又转身对周衡和莫沫说：“你俩就坐地铁回去吧，方便。”

一路上，莫沫气得又哭又骂：“你还真亲了！”

“没亲啊！我跟周盼她男朋友学的，碰了一下脸而已。”周衡到底有些底气不足。

“碰脸也不可以！”恨不得时间回放，赶在那一秒前将周衡拉开。

像是自己的宝贝物件被别人碰脏了，擦也擦不掉，恨。

周衡只得好好哄一通：“这是游戏，都是假的，你看周盼的男朋友不也亲了一圈？我要是反悔，就尴尬了，那反而真的像有什么事了。”

“怎么是假的？”莫沫跺着脚，“你的脸碰到她的脸了，这难道是假的？”

“这就像周盼的男朋友也碰到你了，难道是真的？”

“我跟他没关系，你跟余音子……”

“我跟余音子就有关系了？”他堵住她。

“你觉得你跟她没关系，是她觉得她跟你有关系！否则她干吗提出那种要求，”又想起先前的事，原来是有前因后果的，“——她要和你一起出国留学，她算计好的！”

坏人就是坏人，一开始觉着她坏，她就好不了。莫沫认定世界应该黑白分明。

周衡叹道：“想象力不要这么丰富好不好，她是她，我是我，美国那么大，我又不一定和她去一个地方，她怎么想我管不着，我怎么想，你还不知道？你就当她是另一个周盼，我能跟周盼怎么着？你还不相信？”

强词夺理！余音子怎么可能是另一个周盼，周盼不可能嫁给周衡，余音子若是嫁给周衡，谁也说不出一个“错”字。

莫沫急得跺脚：“她说过，你俩‘早就说好的’，要一起出国，为什么我一点也不知道？”

“连我自己都没想好，怎么告诉你？也许我哪儿也不去，就在上海待着。还有，你信她，还是信我？看上去，你是信她多一些吧！”

是的，总是信敌人多一些，余音子是敌人。

莫沫不依不饶，她想要他认个错，是他错了，总之他不应该碰别的女人，尤其是那个女人，多想一秒，都要气死。

周衡的耐心用完，或是早就觉得自己做得不妥，但木已成舟，只得强作有理："要我说多少遍，就是个游戏，我压根儿没别的意思。"

本想闹到他服了自己，软下来，轻声道歉，谁知他的声音反而拔高起来，难道要自己来服了他，怎么可以？！

"你倒是有理了……"便也拔高了声音，高他个三度！

"随便你，你不相信我，我也没办法……"

便狂风暴雨，大吵一番，吵到最后，为何而吵，都几乎忘记，连"你声音干吗那么大""你这么凶干吗"都吵了进去。

周衡将莫沫送至小区门口，便转身而去，平常，都是送到家门口，缠绵好久才肯走。

莫沫一夜气郁，加上游戏中猛喝过一瓶酒，又抱着马桶吐了半天。

第二天早上就彻底蔫了，一起床就觉得天旋地转，只好躺回去，睡得死过去似的。醒来时，只觉得嗓子生痛，额头发烫。

万念俱灰，又睡了过去。

再醒来时已是深夜 3 点钟，吃过药后发了一身汗，人轻飘飘的，思绪开始清晰。

余音子说的是"早就说好的"。

周衡说的是"我又不一定和她去一个地方"。

所以，只要余音子认定了，他去哪，她跟着他就是了，多么简单。怪不得总觉得她对她的笑，有些古怪，现在想来那应该是蔑视。余音子从来不怕她，不怕她是他的女朋友这个身份，她根本不在意他的现在，因为她认为自己拿捏得住他的未来，几年后，人在千里之外，会发生什么，谁猜得到？

此情不渝，你信，我信，神仙不信。

所以，余音子要周衡亲她，五分之一的可能性都不放过，结果她赢了。

莫沫的心猛地像被攥紧，疼得她直咳嗽，心肝肺都要咳出来了。

一生病人便空了，力气全无，心如浮萍，觉得未来是一片灰色，没有什么可期待的，不如有一天便混一天，得过且过。

周衡过了好几天才发来短信，是气刚消，还是家中事多，莫沫也不想多猜，是他惹出来的事，凭什么还要顾及他的脾气。

不回，不理睬。

他一个电话打进来。

莫沫只道人累心乏年前家务事繁杂，便挂了，故意冷冷淡淡的，要他知道，自己意难平。

直至快要过年，她都不肯见他，他也渐渐少了联络，最后一通电话只说年后再见。

她才不要主动找他，短短一周，像是完全忘记这个人，莫沫惊觉自己居然能有这份铁石心肠，说不理他就不理他，说抛至脑后就再也不提及。她像是要把之前种种欢喜全部塞到一个箱子里，锁得紧紧的，不碰不见。

可是没过几天，那一箱子的欢喜全部打翻，莫沫抓心挠肝的，再全部塞了回去。

倒要看看，谁先受不了，谁先想念谁。

年后元宵节，周盼约了莫沫出来看花灯，又是人挤人挨的，不过闹元宵总得热闹才对。两人对着一只灯谜猜半天，又跑去看花灯宝船，正看着，便觉得有人拍自己的肩，一回头，吓一跳，身后是周衡。

吓一跳不是因为他是周衡，而是因为——周衡剃了个光头。

“你做啥？大冬天的不冷吗？”莫沫叫道。她心中曾设想过一百次重逢的场景，独独没有想到他会光着脑门来见她。

“我想不出来怎么才能让你原谅我，所以就削发明志啰。”周衡挠挠头，然而并没什么头发让他可挠的。

一惊之后是一喜，那些日子的气和闷，本想一笔笔记得牢牢的，当着他的面发作出来，而现在他巴巴地站在自己眼前了，拉着她的双手，低声说句“我错了，别生气了好吗”，先前那些不痛快就一下子烟消云散了，她看着他，心底里只冒出一句话来：还是喜欢他。

相爱之人，没一个是有骨气的。

换了个发型就像换了一个人，当然他也没有什么发型了，莫沫看着他，重新认识一遍。那头皮光光的，她觉得他一定会冷，这么想着连带着自己头皮都凉了，恨不得将自己的围巾缠到他头上去，缠成一个洋葱头。她看着他，突然笑起来，笑到捂着肚子弯了腰。

“很丑吗？”他又挠挠头，还是没习惯，别扭着。

“你自己照照镜子，像个电灯泡。”

“是呀，走在夜路上，都不用打手电筒，——你笑了就说明原谅我了？”

“谁说原谅你了？”

周衡扶住莫沫，趁机亲了她一口，莫沫推开他：“被人看到啊！”这才发现周盼早就不知去向。

“让我亲了，就说明原谅我了。”周衡得意了起来。

不原谅他又能怎么办？这个人站在她面前，她面上再如何绷着，内心中早已算了，算了算了，谁让她见着他就心生欢喜，什么都既往不咎了。

他搂住她往别处走去。

“我们去哪？”莫沫问。

“一会儿你就知道了。”周衡神神秘秘的。

他带她来到一块平地，抬头看去，夜空中，十五的月亮似银盘，伸手可及。周衡打开书包，从里面翻出一件东西，铺好：“莫沫，我们一起放孔明灯。”接着他又掏出一支笔来：“要在上面写一句话，放出去后，会很灵验。”

只见周衡写道：“周衡和莫沫，永远在一起。”

大大的字下面，画上两颗大大的心，中间还插了一根箭，将心串在一起。

他要她举起灯罩，自己小心点着火，那灯罩渐渐鼓了起来，蜡烛映着红纸，一团暖意浮了上来，待放开它，它就缓缓飞上了天，闪闪烁烁的红，是夜空的心。

周衡和莫沫相拥着，抬头看着孔明灯带着那句话越飞越高，远处天空中微微亮的那一团，像魂魄在发光，一半是莫沫的，一半是周衡的，过了许久，都能看到那亮光，仿佛挨着月亮。

“你说它会飞到哪儿？”莫沫问。

“飞到很远很远的地方。”

“它会一直亮着吗？”

“它会一直亮下去，在很远很远的地方亮着，只不过因为太远了，所以我们看不见了。”

“周衡，你为什么喜欢我？”

“不知道，我看到你第一眼的时候就喜欢你了。”

“我是你喜欢的第一个人？”

“是，你呢？”

“你也是我喜欢的第一个人！”

他们静静地看着空中越飞越远的孔明灯，直到看不见，由此往后，她便知道，她和他的一丝魂魄在天空中未知的某处，已经永远地缠绕在一起，她心中有一个地方会一直记住这一时刻，那灯那字已倒映在那个地方，以后不管相隔多远的距离多久的时空，她也不会忘记。

“莫沫，”周衡搂着她，“我想起一件事来。”

莫沫仰头看他，她以为他一定会说出动听的情话。

“你不能像上次那样喝酒，记住了？”他说。

“欸？”

“上次周盼过生日，一下子喝一瓶，不可以！”周衡一张认真的脸对着她，“你是学声乐的，得保护嗓子。”

莫沫本想说偶尔为之不要紧，转念说出口的却是“好，你放心”。这么“乖”，这么“听话”，不过就是因为他是他，自己就此和他有了一种“我会听你的话”的牵绊了。

* * * *

隔一天便是 2 月 14 日，这一年，元宵节和情人节挨在一起，莫沫觉得是个好兆头。

周衡白天要上课，莫沫一个人来到理发馆，对店中小哥道：“我要剪发。”

翻开杂志，指着一张照片，道：“就剪成这样。”

小哥吹了声口哨：“真的？你确定？”

“对！”

剪完发，便去音乐学院找周衡，周衡看到莫沫的新发型时，先瞪圆了眼睛，再是拍着腿笑得眼泪都要掉下来，他抱着莫沫揉她的脑袋，可是脑袋上也没多少头发可揉的了，莫沫随周衡的“削发明志”也剃了个光头，最多3毫米长。

周衡在她脑袋上亲了一口：“口感不错，像亲一个男人。”

“你亲过男人？”换作莫沫大笑。

“我是说，你怎么也剃光头了？你也要明志？”周衡笑够了。

“以前就说过，咱俩一起剃光头，像两个电灯泡，还记得吗？”莫沫仰头看着他，好像是很久很久以前的事了，像过了半个世纪，其实也只不过是在半年前。

周衡用自己的头顶住莫沫的头，蹭来蹭去，毛毛楂楂的：“你说别人看我们的背影，会不会以为咱俩都是男的？”

“然后你的一世英名就毁在我手中了，”说着，莫沫掏出镜子，左看右看，“我好帅！”

“我呢我呢？”周衡凑到镜子中，莫沫的小方镜子中挤下了两个小光头，头贴着头脸贴着脸，像一张照片。

青春正盛，就算是飘长发，就算是剃光头，也是“怎么样都好看”的。眼神清澈见底，笑容是透明的，整张脸上一丝混浊都没有，那神情灿烂分明写着无忧无愁。

“我们要拍一张这样的照片，然后我要把照片放在皮夹子里，一直带在身边。”莫沫道。

“走！现在就去拍！”

两个人都穿着上次一起买的黑色机车夹克，两个人都是小光头，走在校园中，得到百分百的回头率，遇到周衡的同学眼镜男生时，他惊呼差点没认出来：“我说呢，大老远的跟黑帮成员似的，我以为是俩男的。”

再往前走，莫沫故意搂住周衡，紧贴着他。周衡道：“你今天是彻底想把我的名声毁了是吧？”说罢，便低头细细碎碎地吻她，“那就毁得更彻底吧。”

迎面走来一个老太，抬头看到他俩，拍拍胸吓一跳：“世风日下，世风日下。”

莫沫停下来，推开周衡，故作厌恶表情，像个男人似的，粗着嗓子道：“好恶心，我竟然和一个男人打 kiss。”

周衡跟着演，伤心欲绝：“我竟然被一个男人亲了，呃……莫沫，你要对我负责！”

一路笑着闹着奔出校门。

情人节，到处都是人，路过一家花店，挤挤攘攘，周衡突然叫了一声“哎！忘记一件重要的事”，便见他往回奔，奔进花店，不一会儿出来时，手中捧着一大束红玫瑰。

莫沫捂住嘴站在路口笑，周衡将花，还有她，都拥在怀中：“送给你，情人节快乐！”

莫沫捧着花，原地跳了三下，开心得要命，直道："我要哭了，怎么办？我真的要哭了！"

"送花给你，干吗哭？"周衡捏捏她的小鼻尖。

"因为第一次有人在情人节送花给我！"

"那我陪你哭，我也是第一次在情人节送花。"

"一共几朵？"

"数数看。"

"11 朵！"

"一生一世，——莫沫，你会不会觉得红玫瑰太俗？"周衡看到路过的别的姑娘手中都是红玫瑰。

"不不，我就要红玫瑰，因为红玫瑰最美！"

两人好不容易在商场中找到拍大头贴的店，莫沫便拉着周衡进去，钻到机器前，开始摆 pose，各种扭脸、撅嘴、吐舌头，周衡道："你有没有觉得咱俩长得挺像？上次周盼说咱俩有夫妻相。"

"谁跟你有夫妻相，"莫沫扮着鬼脸，"明明我长得比你好看！"

周衡跟着她扮成同样的鬼脸："你看，像不像？"

莫沫突发奇想，掏出眉笔来，要周衡站好不许动，她踮起脚尖开始给他画眉毛，手指粗的一字眉，边画边笑，又对着镜子给自己画上同样粗的眉。这样，两人的眉毛就一模一样了，像蜡笔小新，再拍出来的大头贴，上面两个人像两个蜡笔小新，太像了。

玩够了，只有最后一张了，周衡搂住莫沫道，认真拍一张，好好的不准搞怪！

擦掉蜡笔小新的眉毛，又是干干净净的两张脸，于是好好的，站在一起，他搂住她的肩，红玫瑰挤在他俩中间。她低眉微笑，纯情羞涩，而他则是意气风发的俊朗少年，两个人剃着小圆寸穿着黑色机车夹克，摆着自以为是的酷，但两张紧贴在一起的脸，却神情稚嫩，都是乖乖的，未经风雨的乖。

这样便好，时光正好，那时那刻的莫沫就是这个样子，那时那刻的周衡也就是这个样子，再过一秒后，便不再是那个时刻，不是那个样子了。待他俩拿着大头贴从店里出来，待莫沫把照片贴在自己的钱包里，待他俩离开商场，挤到人满为患的地铁里……不知不觉间便离那个时刻越来越远了。

餐厅中，烛光下，周衡弹着一支歌，悠悠的曲子摇摆着，弥漫在空气中："Hey…My little girl,you stole my heart…"

莫沫面色绯红，觉得一切景象有种不真实的美，像旧时光，流光溢彩，时光停顿，他仿佛没有弹着琴，他仿佛是坐在自己对面，他握住她的手贴在自己的脸上，对着她轻声唱着："My little girl…"如梦似幻。

何其幸运，才能在天地间相遇，芸芸众生中，偏偏是我俩。

周衡摊开手，掌心有一对项链，一根坠子是钥匙，一根坠子是锁。

"情人节礼物，"说罢，便将坠子是锁的项链挂在莫沫脖子上，搭扣就是那把锁，一扣，便扣住了，再将钥匙挂在自己脖子上，"只有我的钥匙才能打开你的锁。"

"要是你哪天跑掉了，我岂不是要一辈子戴着？"

"瞎说，"周衡正色道，"我怎么会跑掉。"

"你不是要出国？"

"就算出国，我也还会回来的，你乖乖等我。"

其实，出国，回来，这些对莫沫来说，好遥远，谁会在 18 岁时去想将来？人生得意须尽欢，要对酒当歌，要爱恨交缠，管它人生几何，去日苦多，18 岁那年，即是永远。

第四幕

时光在这个空间流动着，却没有流走，停在了此时此刻，她觉得像童话，而他觉得是隽永。

要准备毕业会演了，莫沫和周盼，要毕业了。

将来有何理想？

周盼的理想是速速嫁人，最好三年抱两，一男一女。

莫沫的理想是和周衡在一起，自己去做个音乐老师，或是去小学，或是去少年宫，一技在手，工作总是不愁，太太平平等周衡出国回来，之后的理想大概就跟周盼的一样了。

周盼搂住她：“愿我们的理想都能好好地实现，所以我们要去烧香。”

据说，若提到烧香，就得马上去，就像许下的愿，必须得还。于是二人相约去静安寺烧香。

寺院中，香炉前，手中捏着香，烟云缭绕，拜了东南西北四面八方，心中默念，心诚则灵，把香插到香炉中，便好像把心愿已经拜托给佛祖了，一身无愿，一身轻松。

待出了寺门一转弯，就是久光百货，两人去逛商场，一进门满世界的华丽奢侈，一脚从世外踏回现世。

周盼说要去买香水，两人就去柜台一张张试纸闻过来。莫沫一抬头，见不远处竟是余音子，挽着一位衣着讲究的长辈在逛，很亲昵的样子。莫沫便推推周盼让她看："你看，余音子和……她妈？"

周盼眯着眼看过去，道："不是她妈，是周衡的妈。"

互相已经看到，只好过去打招呼，周盼道："婶婶，好久没有看到你了。"

"你总不来家里玩。"周衡妈妈拉着周盼的手笑道，看了眼莫沫。

这回真的是周衡的妈了！要好好表现。

莫沫满脸精精神神的，乖巧地打招呼"阿姨好"。

"她是我同学，莫沫。"周盼介绍道。

"噢，你就是莫沫啊，那也是艺专的啰？"周衡妈妈定睛多看了她两眼。

莫沫点头应了一声，心中暗自揣测：她知道我是周衡的女朋友吗？看着余音子，余音子神情笃笃定定，莫沫有些忐忑。

"阿姨，我们去那边逛逛吧。周盼，我陪阿姨先走了，正好今天阿姨说要出来买些东西。"余音子口中说出的"阿姨"二字，亲得像喊妈一样。

周衡妈妈拍了拍余音子的手，回给她的笑，一看就是亲近多年，临走之前，又道："周盼，常来家玩。"对莫沫只是点点头，客客气气。

莫沫看看余音子，她挑着眉冲自己笑了笑，噢，不是笑，只是嘴角向上扬了一下，便走了。

呆立片刻，莫沫对周盼说："周衡妈妈好像很喜欢余音子。"

"喔，你知道的，他们两家人熟得很。"

"他妈妈会不会不喜欢我？"

"你傻啦？周衡喜欢你就行。"

虽是毕业季，周盼和莫沫都忙于会演排练，但还是有空去听场演唱会。

周家兄妹三人，再加莫沫，四个人挤在内场中，听得酣畅淋漓，全体齐跺脚跟着唱。周盼跳到椅子上，冲他们喊道："你们说，我结婚时，也搞成演唱会怎么样？"

"你爸会抽死你！"周衡叫道。

"那就一半按他们意思，一半按我的意思！"周盼站在椅子上摇摆着。

"姐！我支持你！"周望唯恐天下不乱，"你上面穿婚纱，下面穿牛仔，然后跳跳跳！"周望不停地跳着，胡言乱语。

"我也支持你，我要做你的伴娘！我要唱歌！"莫沫跟着喊道。

"你当然是我的伴娘！"周盼又冲着周衡叫道，"哥，你当我的伴郎好不好？"

"我也要做伴郎！"周望抢着说。

"你除非自己再找个伴娘出来，我得凑成对子。"

气氛热火朝天的，莫沫跟着节奏摇着扭着，周衡搂住她的腰。周望从他俩背后扑了过来，搂住莫沫和周衡的脖子，周衡把周望拧到一边："小孩子，去去去。"周盼顺手将周望拉到另一张椅子上，一起摇晃。灯光迷离中，莫沫只希望这音乐永远不停。

* * * *

接着，便是莫沫和周盼的毕业会演。

少女合唱团穿着蓝条纹海军裙，周盼扎起高高的马尾辫，莫沫留着齐刘海的娃娃头，从《歌声与微笑》唱到《友谊地久天长》。

"请把我的歌，带回你的家，请把你的歌声留下……"

从今往后，莫沫和周盼，要把歌声带回自己的家了。

唉，这就算是毕业了，长大成人了，要想前途了……慢慢慢，明天再想，今天要玩个痛快。

演出完，拍照留念，待完全忙好，已经夜里10点多，周衡预备送莫沫，周盼有周望。

周盼把周衡拨拉开，抢回莫沫："不行，今天你得把莫沫留给我，我们毕业了，最后一天，要玩通宵！"

"唱K！唱一晚上才过瘾！"莫沫提议。

找间包房，唱唱唱，自己换了歌词，分了声部，专业级麦霸，越唱越精神，直唱到凌晨1点半，唱到嘴唇发麻，舌头打结，这才开始迷迷瞪瞪，抱着抱枕歪在沙发上。服务生敲门提醒，还有半个小时就关门。

周盼惊醒起来："继续唱！唱到关门，唱到够本为止。"

周盼依在莫沫肩旁，一起唱一首《勇气》。

当唱道“爱真的需要勇气”时，周盼不知怎么竟流泪了，“我们都需要勇气，去相信会在一起，人潮拥挤我能感觉你，放在我手心里，你的真心”，唱到竟伤心不已。

没人说话，莫沫搂着她，周衡拍拍她的肩，周望陪着低声吟唱，夜晚的哭，不必问。

唱完，包房内的气压都低了，闷了一会儿，周望蹦了起来，说：“下面是我的歌。”

漂亮的让我面红的可爱女人，
温柔的让我心疼的可爱女人，
透明的让我感动的可爱女人，
坏坏的让我疯狂的可爱女人……

对着两位姐姐唱，表情做足，还朝着周衡的方向喊：“这边的观众，让我听到你们的掌声！”周衡只好猛摁鼓掌的按钮，一时房间中充满掌声。周望那张高中生的脸上居然焕发出偶像光彩，末了还甩了张酷炫的笑脸，挥手，飞吻。莫沫和周盼立时扮成花痴歌迷，配以尖叫，早已忘记刚才的莫名流泪，音乐真是万能。

只有最后五分钟，听周衡唱一首《童话》。

安静的旋律，在安静的房间里，每个人都安静了：“也许你不会懂，从你说爱我以后，我的天空，星星都亮了……”

他总是爱忘词，只得紧紧盯着屏幕。莫沫望向他，直唱到“我愿变成童话里，你爱的那个天使，张开双手，变成翅膀守护你”，他转过头来也看着莫沫，莫沫捂住脸，泪水从指间流过，便觉得这屋子里只有他和她了。

原来真的会有一首歌，是写给他们的。

“……你要相信，相信我们会像童话故事里，幸福和快乐是结局……”

这不是歌词，这是承诺，他唱，她听，点着头，心中默念“我相信”。

结束了，都还沉浸其中，周衡忽地起身，拍拍莫沫和周盼的头：“走了走了，我带你们去南京路。”

“这个时间去南京路？”周盼揉了揉眼睛。

“对，没有人的南京路！”

当他们站到凌晨2点半的南京路上时，两旁很多店面已经黑漆漆了，只有中间的路灯昏黄着，映着平常熙熙攘攘的路面，空无一人，只有他们四个，站在步行街的路口。

“真的没有人！”莫沫叫道，于是声音更大一些，“有没有人啊——”

“喂——”周盼也叫着，开始往前跑。

平日里，走在这里要跟多少陌生人擦肩而过，而现在，整一条路都随便他们跑，跑过闪烁的霓虹灯，跑过通宵营业的KFC，跑过“I LOVE SH”招牌，跑过亮着灯摆着模特假人的街面橱窗……一直跑到步行街结束的地方，弯着腰喘着气回头笑跑得慢的人。

低头，是整条路，抬头，是整个夜空，大声喊一嗓子，只觉得自己有足够的力气，能够托起整个世界。

“要不要再往前走，到外滩？”

“要要要！”

于是继续往前，前面的路越来越黑，凉意爬了上来，一起奔跑吧。周衡拉着莫沫，莫沫拉着周盼，周盼拉着周望，四个人连在一起往前方跑去，过了最后一条马路，跑到外滩台阶上，世界突然变得不一样了。

黄浦江的水是深黑色的，连着深黑色的夜空，唯一亮着的是外滩边上一串路灯，像浑圆的珍珠串成项链，由近到远，由清晰到模糊一片，发着温暖的光，靠近岸边的那一层江水，倒映着灯光，像金色的碎缎。他们趴在栏杆上面，谁也没有说话，生怕打破这静谧的夜晚。

过了很久，周衡在她耳边轻声道：“毕业快乐。”

原来一直很快乐，只是莫沫并未发觉是这么快乐，大概只有在不快乐的时候才会怀念曾经的快乐，如同年老时才会回忆青春——所以现在，莫沫只是知道很快乐而已。

青春无畏，她觉得她什么也不怕，她有大把的时光和爱，任前途迷茫，她只管披荆斩棘就是了。莫沫冲着黄浦江喊去：“毕业快乐！”

周盼也大声喊道：“永远快乐！”

周望在一旁急着说：“我高中毕业时，你们也得陪我这样玩通宵！”

谁理他，都笑他还小，日子还早。

莫沫无法想像一年之后的这个时刻是怎样的光景，这日子过得像是静止不动，周望永远是高中生，周盼永远是某人的未婚妻，周衡永远在音乐学院没毕业，自己永远是周衡的女朋友——所有人像是安放在水晶球里，晃一晃有雪花落下，静一静就雪过天晴，她希望永远都是这样。

眨眼间凌晨4点钟，周盼道："我恨不得直接睡在地上。"

这时所有人才发现，虽然仗着年轻，但现在的确是又累又困了。莫沫觉得眼睛需要一根火柴棍支撑着，否则她会直接站着睡着。

"刚才路过一家宾馆，开房睡一晚吧？"周衡提议道。

想到有床，便透支出所有的力气赶过去，到了前台一问，只有一间房，一间就一间吧，有床就行。

一进屋，发现只有一张大床。

"我不行了，我先——"最困顿的是刚才最精神的周望，鞋都没脱直接趴到了床上，马上昏睡过去。

只能横着躺了，周盼把周望连推连踹滚到最里面，挨着他一躺，连说话的力气都没有了，接着，莫沫挨着周盼，周衡挨着莫沫睡在床的最外侧。

莫沫隐约记得自己对周衡说的最后一句话是："挤进来些，别掉下去……"

再醒来时，阳光已经照满整个房间，莫沫眯着眼，先看见透进来的阳光下飞舞的细尘，再看见周衡的脸，不知何时自己在周衡的怀中，面对面躺着。他仍紧闭着眼，莫沫稍稍回头看背后，周盼周望也都一动不动，自己应该是第一个醒过来的。

房间里亮亮的，安静得能听到呼吸声，莫沫怕吵醒他们，动也不敢动。周衡的一只手臂仍枕在她身下，另一只手搭在她的腰间，这么近，莫沫仔细地看着他的脸，连睫毛都看得根根分明，在他的怀中，闻着他的味道，莫沫忍不住亲了亲他的下巴，扎扎的。

没醒？真是猪，亲亲他的鼻尖，亲亲他的唇，还没醒？那就任我摆布，用舌尖轻轻碰了碰他的唇，要么索性咬他一口。正想着，舌尖便被周衡轻轻咬住，吓一跳，瞪眼看他，这家伙什么时候醒的，莫沫差点叫起来，嘴被他捂住。周衡抬起头越过莫沫看了看周盼周望，那两个家伙仍是一动也不动，便俯身对莫沫咬耳朵：“你，刚才是在勾引我？”

他两眼亮亮的，眉毛一挑，嘴角含笑，天，就这样看着她，算是谁勾引谁？莫沫羞红着脸，捂住眼睛，忍不住想笑，睁眼一看，周衡把手指放在嘴中间，嘘，安静安静。他轻轻躺回她身边，顺手理了理她的刘海，静静地看着她。阳光正好照在她和他的脸上，淡淡的金色，暖暖的。他微笑着，心满意足，莫沫也看着他，他的脸上有一种不真实的光芒，恍惚中，像是自己的天使。

时光在这个空间流动着，却没有流走，停在了此时此刻，她觉得像童话，而他觉得是隽永。

周衡轻吻着莫沫，仿佛她是花瓣一般，从额角吻到面颊，从唇间吻到耳后。莫沫觉得痒丝丝，不由得轻笑了一声，又马上闭嘴，生怕吵到周盼他俩。

不过——

“亲够了吗？我们想起床了。”边上的周盼平躺着，强忍着笑。

“那个，我可不可以去尿尿了？”周望可怜兮兮地被周盼挤到床角不得动弹。

周衡把头埋在莫沫的发间，肩膀不停地颤抖，莫沫觉得他快要笑裂了。

“要么我带我弟先回家，你们慢慢来。”周盼戏谑道。

“姐，这怎么行？我们得保护莫沫姐。”周望急了，但马上被周盼一巴掌拍了过去。

莫沫用枕头压住脸，又羞又笑，眼泪水都要流出来，最后被周衡从床上拉了起来：“起床，吃东西去，我快饿扁了。”

一出门，已是正午，周衡在查手机，余音子从早到现在打了十多个电话、发了十多条消息：“你在哪儿？”“为什么不接我电话？”“下午叶教授的大师班你别忘记了！”“你出什么事了？”“我打电话到你家，你妈说你不在家，我打电话到你寝室，你也不在！”“看到消息回我电话！”

连环夺命 call。

周衡低头托住额角，乱抓了一通头发：“完了！我得走了，马上！我忘记下午有课。”说完亲了莫沫一下，便往地铁方向跑。

“你的包！”莫沫在他身后叫道，手中拎着周衡的背包。

周衡再折回来，拿了包，又亲了莫沫一下，来不及说什么，便奔走了。周盼搂着莫沫，摇摇头叹道：“坠入爱河的男人真可怕，一点时间观念都没有。”

南京路上又是人头攒动熙熙攘攘，莫沫望着他的背影，直到他彻底没在人群中，他和她之间被很多很多人挡住，看不见了。

她对周盼说：“你说，我去考音乐学院如何？”

第五幕

每一步都像走在太虚幻境，此时是今年，还是往昔？难道这些日子什么也没有发生过？原来只不过是梦一场？

莫沫以为的爱情，就是一个人离不开另一个人。没有周衡，自己大概会死掉。

昨天毕业了，说好今天想前途，她要好好想想。

她要她的前途跟周衡连在一起，她要自己能够和他势均力敌，她要真的和他在音乐厅里演出，她要真的能和他一样去国外留学，当他去国外读硕士时，可以说“我女朋友还在国内读本科，读完之后也过来”。

是的是的，余音子能抬脚就走，为什么自己不可以，余音子嘲笑她，是笑她动不得。

她也不要再听到周衡妈妈说自己“噢，也是艺专的”，她不傻，她知道那句话的意思。

就连也是艺专的周盼都计划结婚后跟老公去美国，她老公要先读书，她也只好跟着读，继续读音乐，只想生孩子的周盼也得读书读下去。

所有人都在步步往前，自己绝不能趴在原地。别人有的，她也要有，她要光鲜亮丽，人前出众，她要周衡身边所有人对自己心服口服，挑剔不出半点毛病。

她要站在周衡身边的自己，从头到脚都是漂漂亮亮。

欸，这也算是虚荣？为爱情而虚荣，是天下第一正确的事。

莫沫对周衡说："我要考音乐学院，考到你们学校来。"

"好啊，那我就是你大师兄，——你当真的？真要考？"

"真的！"

对，她要和他在一个校园里，凭什么余音子就能整天绕在周衡身边，说是同班同学，总得一起上课排练参加社团活动，没完没了？周衡一天24小时，必见的三个女人，他妈、莫沫还有余音子，有时侯莫沫与周衡各自有事，一天也见不了面，与周衡见面最多的竟是余音子。

这个女人能天天见到他。

莫沫心中盘算，若是这次能考上，她大一，周衡大三，除了上课时间，他俩都能在一起，一起吃饭，一起散步，一起弹琴唱歌，那简直是如樱花飞舞般的美好日子。

周衡见她当真，反倒劝道："考学很辛苦，你现在毕业出来，上次实习的少年宫又肯要你，多轻松，然后乖乖等我回来就行。"

他还是要出国去的。

"你回来就是硕士了，我会配不上你的。"莫沫脱口而出。

周衡眉头一紧："瞎说！什么配不上，管别人怎么说呢，我可从来没有这么想过。"

别人怎么说？难道，有人说过了？

“谁？谁说过什么？”莫沫问。

周衡闭口不答，只说：“没什么，你别这么想就是了。”

“你，以后会嫌弃我吗？”莫沫的声音突然变得很脆弱，狮子变成小绵羊。

“怎么会，我要是嫌你，就不跟你在一起了……莫沫，你想做什么就做什么，我只要你开心就行。”他双手环住她的腰。

他真好，所以我要更好，为他好——莫沫想。

于是莫沫在“考大学”这一条后面加了注释——“为了爱情”。

“我是为了爱情去考大学！”这话一出口，便马上像一个战士，英勇无敌。

一生最恨面对试卷，最恨背单词，最恨拿到分数时的忐忑心情，如同面对绳圈要上吊，本来发誓毕业后不管谁逼着都再也不碰“考试”二字，谁想到，到头来是自己主动要去碰。但自家爹妈却说：“考什么大学？找好稳定工作赶紧结婚是正经事。”

才不，为了爱情，为了……为了音乐，莫沫觉得眼前只有这一条路可走。

考哪个系哪个专业，周衡找朋友问了一圈，问到戴锦程时，他建议不如考音乐学院新开的音乐剧系，他说：“我认识里面的老师，可以帮忙辅导。”

莫沫不肯，执意要考声乐系，她对周衡说：“我的心愿单中最想实现的就是我在剧院里唱着歌剧选段，你在我身边为我伴奏。”这已经快成为一个执念，周衡只好由着她。

但是多难！想想，电视上晚会中常露面的就是声乐系毕业的，要达到那样的高度，要和全国范围的艺考生拼，多难！

莫沫扛来等腰高的课本，报名参加辅导班，战士准备练刺刀。

周衡又托余音子找了一个声乐老师，帮莫沫专攻专业考。

万事俱备，只欠努力。

所以很努力，努力到走路做梦都在背书，莫沫决定改头换面重新做人，但重新做人非得伤筋动骨，看书看到起早贪黑，时常累到脑仁抽筋还不得停歇，真扛不住了，随便往哪儿一坐，用一本书盖着脸就能睡。

又生出一些恐怖的毅力来，比如，为了长胖，天天大鱼大肉，隔天一顿汉堡炸鸡。

为什么要长胖？胖了声音大，考声乐系，必须大嗓子，莫沫真是疯了。

那首歌应该送给她："噢，爱情真伟大，完全熔化……"她已经融化在课本里了。

钢琴呢，虽然不考钢琴，但琴艺也得练练，提高乐感，顺便补习乐理，周衡又成了莫沫专属的周师父。

这样，莫沫和周衡又有更多的时间在一起，正合她意。

不过这次，周衡对莫沫的要求大不一样，开头只说随便考考，但越往后来，越认真了，正经开始讲专业了，根本来不及谈情说爱，反而常常恨铁不成钢，见着莫沫一个和弦总是弹错，差点将铅笔敲到她的手指头上去。

怎么这么笨，她平常都在干什么？看到莫沫泪眼婆娑，又开始心疼她自讨苦吃。

“我说考学辛苦吧，你非要考。”

“是，非考不可！”

“只好笨鸟先飞，你得多练。”

“你说我笨？”莫沫掐他的胳膊。

“你难道不笨？我讲了快一百遍，笨猪妹。”他急了，顾不得她的情绪，拍着琴谱要她继续练。

再去上声乐课，余音子果真不上心，帮忙找的老师只能上半截子课，考前一个月就要出国，但一时又找不到别的老师，只得将就。

那老师听了她的试唱后，第一句话便是：“以你现在的水平，你这次肯定考不上。”

莫沫这回真要哭了。

老师严肃着一张脸：“音乐学院哪里这么容易考的，现在连一年时间都不到，你最好多准备一年，后年再考。”

“我一定要考，就今年考！”

后年考，怎么来得及，就算考上了，自己一进校门，周衡就走了，没有周衡的学校，她要去那里做啥？

来不及了。

一急，一累，当四周流感盛行时，莫沫马上跟着喉咙肿痛，说不出话来，只得抱着书默默念。

周衡刚考完试，放了假，心情轻松，便安慰她算了别考了，这么累。

“这么累，还不一定考得上。”他对她说。

“你怎么可以这样说？”莫沫嘶哑着嗓子叫了起来。

谁都可以说她考不上，唯独他不可以。

这些日子的辛苦，被他一句话轻易打碎，原来他压根儿不信自己能考得上。

他居然以为自己只是说说试试，才不是这样！莫沫已经是将“必胜”二字贴到额头上去的。

她本想靠一鼓作气，可不想再而衰、三而竭，尤其是由周衡来泄她的气，万万不能，她是为他考的。

“可是，你这次准备时间太短，我只是说真话。”周衡一摊手，他说的和那老师说的一模一样。

可是，就算是真话，也不能从他嘴中说出来，莫沫要的是热血沸腾，是假装的也行。

“不管怎样，你应该鼓励我，而不是说我考不上！”她气得脸色发红，像是因为感冒咳嗽而来的红。

周衡仍不知缘由，仍在逗她：“因为你是笨猪妹。”

莫沫跳了起来，面上风云突变，把书“啪”的摔在桌上：“总是说我笨，那你去找个聪明的姑娘啊！……还说支持我，就是这么支持我的吗？天天说我笨？你知不知道，我是为了你才去考学的！”

一下子，这么大的脾气，像是把先前的累，全部折算成“脾气”，发泄出来。

周衡先是闷了一下，直听到“为了你才去考学的”，眉眼都竖了起来：“我早就说过，你别有这种想法！什么为我去考的？我不认！”

考学便是考学，考学是自己一个人的事，自己的事，就得自己承担。看着她这么努力，进度却这么慢，时间又不够，十有八九这次不行，她却偏偏非要“为了他”，他要是认了，她考不过时，愧疚抑郁的就是他了，因为她是“为了他”吃够了苦头。

他才不要她“为了他”，他心疼她，不想她吃苦头，她怎么不懂？

笨猪妹？她总是叫自己大笨猪，他便叫她笨猪妹，多可爱，是昵称懂不懂，她干吗这么生气。

可是莫沫却被气哭，她为了他考学，他却不认了：“你这么说，你有没有良心！”

一提到良心，周衡竟伤心起来，后退一步，盯着她，一字一顿：“你说我没良心？”

他觉得自己被辜负了，说他什么都行，独独不应该说他没良心，她知不知道自己承担的压力？那些别人说的话，他只是不想让她知道，她却以为自己没良心。

莫沫咬定“我是为了你”，周衡直道“我是为你好”，都红了眼，白着脸，自己说的都是对对对，对方说的都是错错错，直到满屋子的声音戛然而止，一下子都不知道说什么了，周衡甩门而去。

莫沫吞了感冒药，把书扔在一边，躺到床上，睡吧睡吧，还看什么书？看死了也没人心疼，连气愤带胸闷，睡得满脑子噩梦。

她梦见自己推门而入，撞见周衡正搂着余音子，卿卿我我，见她进来，周衡便对她说：“我不爱你了，我要和余音子去美国，我们俩申请了同一所学校。”接着，他不再理睬她，搂住了余音子亲了下去，而余音子得意地看着她，眼神告诉她：“你看，到头来，周衡还是我的。”

她哭着想去推开他俩，却扑了一个空，只听到周衡不停地说：“我不爱你了，我不爱你了。”

惊醒时一身冷汗，脸上全是泪，这梦做的，万箭穿心。

拿着手机，想马上打电话问他“你还爱我吗”，渐渐清醒后，怎肯主动打电话给他？便打电话给周盼，嗡声嗡气隐着哭声：“你说，要是做梦梦见男朋友跟别的女人好了，是怎么回事？”

她当周盼是周公，要她解梦。

周盼叹道：“说明你太爱他，爱到没有安全感。”

莫沫才不要自己如此伤心，不伤心的办法就是心肠硬起来，她赌周衡肯定会先来找她赔罪，这件事本来就他先错，她继续去看书，把一团乱麻丢在脑后。

但等等等，等来的却是周衡发了条短信，说是陪家人度假去了，要莫沫好好养病。

连电话都不打一个，只有冰冰凉的短信。

莫沫气得把手机扔到床上，埋在被子里，这样他就算打电话进来，她也看不见。

10分钟没到，就忍不住把手机从被子里挖出来，谁也没有打电话给她。

连周盼也跟男朋友出去旅游了，整个上海，就莫沫一个人，孤零零的。

差点忘记了，还有周望。周望自己冒出来：“莫沫姐，家里没人了，我快要饿死了，陪我出去吃饭吧。”

一个觉着被男朋友抛弃了，一个觉着被姐姐抛弃了，两个人，相依为命，点了一大桌子菜。

“以前旅游还带着我，现在有了男人，就不带我了。”周望说起自家亲姐来，像个怨妇。

莫沫大笑，才发现，这是她自从备考以来笑得最开怀的一次。

笑，要没心没肺最好，有了心事，笑也笑不痛快。

周望，就像一张白纸，她对着他，半点心事也没有，莫沫决定放一天假，放空自己，周衡什么的，统统抛到脑后。

“一会儿想去哪儿？姐姐陪你玩一天！”

“真的？”周望两眼放光，马上开始计划吃喝玩乐，“先陪我去看电影，新上映的那部片子，我要看IMAX的，然后再去GODIVA，我想吃巧克力火锅，最后，我们去锦江乐园玩，暑假有夜场，我们玩到晚上。”

好，日行一善，代替周盼，陪小孩子玩一天。

夏天的夜，总是来得晚，都7点了，还是半明半暗，在游乐场里，抬头看着号称上海最高的摩天轮，亮着灯光慢慢转着，整个人就好像缩小成孩童，疯跑疯玩，吃冰淇淋吃烤肠，周望买了一只绒毛小羊，莫沫笑他，是不是要抱着它睡觉，周望有些不好意思，脸红着将小羊递给莫沫：“送给你的”。

骑在旋转木马上，莫沫道：“你们小孩真开心，没心事。”

周望道：“第一，我不是小孩了；第二，我也会有心事。”

“欸，说出来听听？”高中生能有什么心事，无非担心第二天的考试而已。

周望却指了指心：“心事是要放在心里的，能随便说出来的就不是心事了。”

莫沫惊讶了："周望周望，你真的长大了，能说这么成熟的话。"

周望问她："那你有很多心事吗？"

莫沫却想到他刚才说的，心事是心里的事，那事那人都是粘在心尖上的，哪能轻易晒给别人，先不提说出来，光是想，就要很费些力气，便道："我才没有心事，有心事容易老。"

回去路上，周望道："莫沫姐，我有一个请求，噢，不对，是要求……不不不，算是恳求……"

"说吧！"莫沫打断他。

"以后，我要是有不开心的心事了，可以跟你说吗？"他问道。

"当然可以。"

"那么你有心事了，也告诉我好吗？"

"好。"莫沫点头，这种答应太容易，她不说，他又怎么知道自己有心事。

周望心满意足了，走着走着猛地跳起来伸手揪了片树叶，高兴得脸都有些泛红，小孩子真是好哄，而自己却是老了。

老到都快 20 岁了。

时不我待，还是艺考要紧。开始准备艺考曲目，声乐老师给莫沫挑的曲目中，有一首是普契尼的《蝴蝶夫人》中巧巧桑唱的《晴朗的一天》。

"美好的一天，你我将会相见……他将自远处呼唤我的名字，我将躲起来噤声不语，半为戏弄他，半为不让自己，在重逢的刹那，因喜悦而死去……"

死去，真是不吉利。

不管死活地闷了十来天，这天去音乐学院边上的书店闲逛，却和余音子狭路相逢。

再怎么别扭着，招呼还得打，打完就默不作声了，各挑各的书。

“这个老师还好吧，准备得如何了？”先发声的倒是余音子。

莫沫只得说“还好”“还行”。

“不过，”余音子说，“你考完，周衡和我也要走了。”

什么？

她继续道：“我家和他家商量过，大三就走，已经找好学校了。”

“去美国？”

“对。”余音子说罢，便不理她了。

她要她知道，考得上考不上都无所谓，他们要走了。

莫沫转过身来正对着她：“音子姐姐，我想问你……”

“嗯？”

这话一定要问，就在此时此地：“你为什么一定要跟周衡一起……一起走？”

分明问的是：你为什么一定要缠着我的男朋友？

余音子倒是神色讶异了片刻，没想到莫沫问得直直白白。

这还用问，恐怕问的人和被问的人，都知道答案。

她只得答：“一起走，到那边有个照应。”

答得滴水不露，但又觉得索性应该露一些山水，让莫沫知难而退。

余音子说：“我和他从小长大一直是同学，我知道他所有的事。三年级一起玩，跌了一跤撞破头，到现在额角还有个疤；五年级一起出去比赛，在后台紧张得把口香糖吃到肚子里；初中有一整年，我爸妈在国外，我天天在他家吃晚饭；高中到现在，我爸辅导他钢琴，他每周来我家一次……”

她絮絮叨叨，像刹不住的车，失态也无所谓，只管把憋屈了很久的话倒出来：“我知道他喜欢的钢琴家是谁，我知道他擅长弹什么曲子，每次演出时我都在他身边，可是莫沫，你知道他什么？”

这些话是在心中萦绕了多久，说出来如报流水账，她跟他的账？

所以，应该和他在一起的人，难道不应该是我余音子吗？

自己用了十多年来陪伴一个人，以为会永远陪伴他，谁知中间杀出别的女人来，而且事事不如她，周衡是怎么想的？他要是不要她，但凡挑一个强过她的女人，让她心服口服也好。

余音子本是比莫沫矮半头，此时却底气十足，气势倒像是高半头了。她见着莫沫眉头一挑，神色一变，甚至往后退了一步。她就是要逼她，她得让她明白：“你只是过客，我才是将来继续陪伴他的人。”

莫沫的确是往后退了一步，她只觉得余音子疯了，说这些毫不相干的话，周衡以前的事，她的确不知道，但她只知道一件事就好，于是她直了直背，板着脸对余音子道：“我是不知道他以前的事，不过无所谓，我知道他现在喜欢的是我，就行了。”

余音子笑了，笑得干巴巴，那就看谁笑到最后好了，她不信自己会输。

她走了，留莫沫立在原地，心中翻江倒海。

余音子不会放弃周衡，就算他有女朋友，但凡见着有机会，就会插进来，她……是小三！不不，现在不是，将来也会是！

不怕贼偷，就怕贼惦记。

莫沫恨不得立时打电话给周衡，要他与余音子绝交，不留后患，但周衡现在在另一半球，她白天，他夜里。

她和他的现在，就像她和他的将来，将来若周衡去留学，不也就是现在这个样子，她醒着，他睡着，反之亦然。

要好几年，她和他，不能在同一片黑夜和白日之下。

莫沫顿时觉得自己和周衡像天空中的风筝，两两皆飘忽不定，她可能考得上音乐学院，也可能考不上，他有可能明年走，也有可能后年走。若是在国内，想见面就买张票，走也走得到，但以后，隔着太平洋，就算有钱买机票，还得办签证，谁能保证一定签得出？一年见一次就不错，若是不回来，一年都见不着。

他若是不回来……莫沫不敢再想下去，更加不敢想的是，那时，余音子和他在一起。

所以，怎能输？这学一定要考上！

以后的事，用以后的时间埋单，莫沫排除杂念，一鼓作气背书背到凌晨。

陆续地，周衡周盼都回来了，都说有礼物带给她。周衡打来电话，问何时碰面，莫沫想到自己在上海生闷气时，他在国外快活潇洒，便心中不平。

“何时见面？”他问她。

“今天有课，明天也有课，周末？”

“周末我家中来了亲戚，跑不出来。”

“没空就算了，礼物放到周盼那边去，周末我去找周盼玩。”她说。

“还生气吗？”周衡在电话中小心翼翼。

“喔，生什么气？我背书去了。”

莫沫曾想，把上次余音子对她说过的话，统统讲给周衡听，要他与她绝交。但冷静下来，自己都知道不可能，他与余音子是同班同学，天天抬头不见低头见，怎么可能绝交，这也太为难周衡，而且就算将余音子的话重复完毕又如何，她又没说“莫沫，我要抢你的男朋友”。

不如不说，努力备考便是。

周末，和周盼约了时间，到她家去拿礼物。推开门，周盼却慌慌张张说：“有份重要快递在门卫处，得赶紧去拿，莫沫你先在家等我。”说得快得像背台词一样，说完便一溜烟就跑了出去。

夏日午后，蝉在树上鸣，花园里客厅中一个人也没有，周家还是老样子。莫沫的额上渗着汗，用手呼扇着解热。但她突然听到……

她听到钢琴声从楼上传了下来，是李斯特的《爱之梦》。

莫沫一阵恍惚，仿佛踏入另一个时空，她抬头看看客厅中挂着的钟，连时间都跟去年一模一样，下午 3 点。

去年正是此时。

她不由自主地往二楼走去，她知道二楼是周盼的卧室，而对面是琴房，里面除了一架三角钢琴之外，什么也没有。

每一步都像走在太虚幻境，此时是今年，还是往昔？难道这些日子什么也没有发生过？原来只不过是梦一场？

是否曾经遇到过那个人，是否曾经爱上过那个人？但这琴声是真的……

爱吧！能爱多久，愿爱多久就爱多久吧！

你的心总得保持炽热，保持眷恋，

只要还有一颗心对你回报温暖。

琴房的门虚掩着，莫沫立在门外，推开一条缝，她悄悄往里看去，看到一个男生的背影，宽宽的肩，穿着白衬衫，他专心地弹，她专心地听。

白色窗帘随风轻轻飘开，窗台上露出一盆栀子花，白色芬芳。

人生若只如初见，是神迹。

莫沫要把每一个音符都牢牢记在心底，以后就算有些日夜见不着他，只要心中响起这首曲，现在这般情景就能立时出现在眼前，她就知道他从未离开过她。

琴声停了，他回过头来，还是那张剑眉星目的脸，莫沫屏住呼吸，动也动不得，一如去年此时。

他慢慢笑了，对她说："你好，我叫周衡，是周盼的哥哥，你是谁？"

莫沫做梦般："我，是莫沫，周盼的同学……"

不知是谁先笑，大笑，笑着扑过来，抱在一起。

"你吓死我了，我以为我穿越了！"

"你不是一直怪我第一次看到你，没跟你打招呼吗，现在补上。"

她激动得落了泪，哭着又笑着，使劲朝他的长腿踢了两脚。

周衡紧紧拥住她，只记得那天，他转身见到她，她好看得像个天使，她是谁，她身后为什么有光？若是跟她说话，她会不会消失不见？

现在，她对自己说："我永远也忘不了你弹的这首曲子。"

而他捧着她的脸："将来，无论任何时间，要是我在台上演奏这支曲，你一定要知道，是献给你的，我发誓。"

于是，好像之前什么事也没有发生过一样，只要两人在一起了，便如胶似漆。

晚上一起去吃饭，路过家居店，莫沫抱着一个漂亮盘子放不开手，但自己又不会做饭，不如挂到墙上去。

“怎么办，以后我们吃什么？”周衡竟开始担忧，抄起一把铲子来，“我只会做蛋炒饭。”

莫沫说只要他做，吃一辈子蛋炒饭都行。

就这样说饿了，真的去吃蛋炒饭。周衡说：“你若是考上了，一定要吃大餐庆祝，想吃什么？”

莫沫能想到的可能很贵的就是牛排了，周衡问想到哪儿吃，她想了想，说“外滩”，肯定很贵，问他敢不敢答应，周衡笑她真会挑地方，但是好，真考上了，就去外滩吃牛排。

吃完饭再一起去安福路看话剧，黑暗中，她问他：“你决定大三就出国？”

“以前这么计划过，但是现在你要考学，”他紧紧握住她的手，“等我毕业后再说吧。”

台上人拿捏着腔调念着台词：“爱情，就像吃人的老虎。”

她“嗤”的一笑，那就舍身饲虎。

台上人又指着台下唱着：“……看你们傻傻两个人，笑得多甜。”

好像被指到的是自己，周衡和莫沫，看了看对方，笑吧，笑得多傻，就笑得有多甜。

谁都没有听到台上人最后唱了一句：“若想真明白，真要好几年……”

第六幕

她曾经觉得等待像是爱情的一道伤疤，迷人之极，直到将来，回想往事，就可以告诉旁人："看，我们的爱情是经历过坎坷的，最终还能在一起，只能是因为爱了。"

真到要考试，头天晚上睡也睡不着，一个莫沫分裂出两个莫沫。

亢奋的莫沫说："明天一定会有奇迹！"

冷静的莫沫说："时间不够，这次权当试水。"

亢奋的莫沫说："说不定老师看我顺眼，就要我了。"

冷静的莫沫说："全都是高手强敌，脱颖而出，难！"

亢奋的莫沫说："我是天才！"

冷静的莫沫说："快睡！"

这天，周衡却不能陪在身边，说有一场排练，请不出假来。

莫沫却宁可他不来，她只想一个人赶赴考场，谁也不见，才能心静如水。

然而却见到余音子。

“我有话跟你说。”余音子拉着莫沫到角落。

“有什么话慢点跟我说，我要准备考试。”她才不想听，每每跟余音子说完一顿话，莫沫都会心神不宁。

“我是特意来祝你考试顺利的。”余音子正正经经。

欸，她发善心了？

既然这样说，莫沫便也感激：“谢谢你，我会好好考。”这话是真心的。

“你一定要考好，别辜负了周衡，别辜负了我。”

辜负？还别辜负余音子你了？怎么回事？

余音子道：“你知道我们计划大三出国，学校都找好了，资料都寄过去了，一切都快好了，结果周衡说不去了，说要毕业后再走，你知道他为什么不去了吗？”

见莫沫沉默不语，她继续道：“他不走，所以我也不走了。那所学校特别好，可惜了，我们俩都是因为你不走了，真不知道明年是不是还能申请到。”

余音子摇摇头：“我倒算了，周衡跟家中大吵，你知道他今天为什么不来陪你？他被关禁闭了，他爸不让他出门……所以莫沫，你真的要好好考，机会只有这一次。”

余音子走了，莫沫立在原地，满脑子是“大吵”“被关禁闭”“不让出门”……

他从未跟自己说过这些，她也从未想象过，她以为只是轻微的状况，而真相却比她想象的严重得多。

她甚至私心想过，考不上就算了，不考了，反正周衡无论如何都是爱自己的，但现在却是“机会只有这一次”。

浑身的肌肉都绷起来，莫沫深吸一口气，曾经有过的考试恐惧综合征，像潮水一般涌回来，声带发紧，开始干咳，嘴唇是僵的，眉头是紧着的。

莫沫觉得自己在发抖，当叫到她的名字时，她耳边响起余音子最后那句话“机会只有这一次”，便越发紧张了。

一会儿要唱的曲目是《蝴蝶夫人》中的选段《晴朗的一天》，一想到普契尼写的这出歌剧，巧巧桑最终被抛弃的命运，莫沫心中就悲伤了起来。怎么会选这首，是为了印证自己会是那个终将被抛弃的巧巧桑吗？

“巧巧桑”上场，她走的每一步都像是浮在尘土上，软软的，踏不实，唱出开头第一个音，就唱高了，后面救也救不回，她知道自己完了，一切都结束了，只有一次的机会破碎了，心如死灰。

什么“晴朗的一天”，根本就是“悲惨的一天”。

之后的记忆一片空白。

莫沫不知道自己是如何奔出考场的，她盲目地走在校园中，浑身乏力，眼见着草坪、鲜花和树，来来往往的学生们，一切都好远，原来，自己终归不属于这里。

想到以前所有人都不看好她的这次考试，看来所有人都是对的，只有她一直被自己哄骗着。周衡说她唱得好，她便真的以为自己有天分，这明晃晃的日头底下果真没什么奇迹，一切都是平淡无奇，她曾幻想撞到大运道，看来真的只是幻想而已。

想到周衡，只想告诉他“对不起，我考砸了”。电话拨出去，却是关机，噢，他被关禁闭了，他是因为她，被关了禁闭……

他终将会离她而去，而她却没办法多走一步。莫沫哭了，她觉得自己像浮在太平洋中的小舟，无人搭救。是自己自不量力，现在连男朋友都找不到了，今天是“哭泣的一天”。

* * * *

再见到周衡时，莫沫觉得万分对不住他，头似千斤重，抬也抬不起来。

他却看上去轻轻松松的：“没考上才正常，要是考上了，得气死那些准备两三年的考生。”

他逗她开心，她却开心不起来。

“还害你关了禁闭。”

“谁说的？不关你的事。”

他越这么说，她越难受，他若是劈头盖脸骂自己一顿，反倒好了，没错，自己就是笨猪妹。

“还耽误你出国了……”

“怎么叫耽误？是我自己想再多待一年。莫沫，我等你明年考完再走。”

“明年？我不考了。”莫沫摆摆手，她不是天才，没有金钢钻，就不揽瓷器活，她泄了气。

“怎么能不考了？”周衡声音高了起来，“你不是说过为我考的吗？那就为了我，再考一次。”

他急了，在家闹了三天，好不容易争来的筹码，怎能轻易放弃。

“就算为了你，你看，我也没考上。”莫沫知道，她真的不是考大学的料，经过如此败仗，先前的精气神早已经消失殆尽。

“到了明年，就算是准备了两年，时间绝对够用，肯定没问题。”

“可我是笨猪妹，你说的。”

“其实，猪这种动物，是很聪明的。”周衡憋了半天，憋出这么一句来。

这次莫沫倒是笑了，但笑完又继续愁着。

明年是否能考上，莫沫拿不准，心生退意，但架不住周衡催促，所以仍是重新报了考前辅导班，三天两头去上课。

再去音乐学院找周衡玩，或是看他排练，心中也不会有那种“我们要在同一个校园里”的奢望了，他有他的前途，自己也得重找出路。

或是出去找找工作，实在不行，便放弃音乐专业，做个写字楼里的小白领，好像也不错。

同周衡商量，周衡全部否决，还用眼瞪她，不准她七想八想，点着她的脑门要她好好准备明年艺考。这吓得她只能偷偷投了几份简历，居然还有回音。于是特意买了套装去面试，聊了几句后，面试官开始说英文，莫沫张口结舌。

再有几次同样的经历，渐渐地也就死了当小白领的心。

这样一来，莫沫倒是对学英文起了兴趣，盘算着若是以后周衡在国外没空回来，自己也可以去找他，那时候就要用到英文。

于是报了口语班，一对一，外教是个加拿大男生，Joey，有一头可爱的卷毛，人也亲切可爱，见着莫沫就直夸她漂亮。

唉，老外都是这么夸张，周衡就没怎么说过自己漂亮。

再上了几次课，便开始夸她聪明，只要莫沫答对一道题，Joey 就配上表情说：“哇，你真的好聪明。”拜托，先前还有人说过自己是“笨猪妹”。

没过多久，莫沫便觉得自己是一个又聪明又漂亮的人了，有人夸总是心生欢喜。

周衡总听她说外教老师多么多么好，便掐着她下课的时间去接她，却听到 Joey 对莫沫说：“你的嗓音真迷人，你会唱歌，教我唱歌好吗？”

莫沫那个傻瓜居然点头答应。

接走她后，马上教育：“那个老外色眯眯的不怀好意，莫沫你要不要换一个外教？”

“你别乱说，他人很好，他说我平常也可以给他打电话发短信，这样口语提高更快。”

周衡差点被绊一跟头，恨不得在莫沫头上贴张纸条，上书“名花有主，轻举妄动者死”。

同她约法三章，不准和那个 Joey 有课外联络。

莫沫瞥了他一眼：“你不也和余音子有课外联络？”

“我跟她又没什么。”

“我跟 Joey 也没什么。”她故意的，看到周衡吃醋，心中偷乐。

他突然搂住她，将头埋在她的脖颈间，莫沫觉得一阵微痛，使劲推开他，叫了起来：“你咬我？”

拿出镜子一照，有小块淡红色的吻痕。

他看得手了，便往前逃，她追，他故意让她追上，再一把抱起她，将她扛在肩上往前走。

莫沫尖声笑着，捶打着他的背，像一只不安分的小鹿，又踢又踹。

人民广场上，夕阳西下，他俩全然无视路人，就这样走在最繁华的路口。车来人往，莫沫搂着周衡的脖子，仰起头来，看到不远处的大剧院浸在夜色中，灯光璀璨。

晚风荡过来，莫沫本来盘着的头发有些松开，飘散的发丝被天空中最后那点余光映成金色。周衡恍惚中能看到未来，他看到她的身后是大剧院，或许有一天，她会在这里演出，他会是她的钢琴伴奏，或许他只是在台下看着她，为她鼓掌给她献花——总会有这样的一天，他一定会陪着她，等到这一天。

* * * *

在上次艺考前后，莫沫和周衡态度对调。之前，周衡对莫沫的起劲，只是心不在焉旁观着，考砸后，反倒上了心，对明年的艺考抱以万分期望，张罗着重新帮她找声乐老师，好像要考音乐学院的不是莫沫，是他自己。

而莫沫，只是被他推着往前走，他推，她便走两步，心知他明年就毕业了，待他走后，自己还是听家里的话，老老实实寻份工作，等他回来就是了。

艺考，自己见识过了，高手如云，再不敢多想。不想失望，就一点期望也不要给。

眼看着莫沫的生日快要到了，周衡说不如去杭州。

“我们是要西湖泛舟，还是龙井问茶？”能一起出了上海，就算是一起旅游了，莫沫的心愿单上又可以勾掉一个。

“先去灵隐拜佛。”

坐着动车，见窗外一排排树飞速往后，周衡开始讲他奶奶的故事，说他奶奶生重病时，他爸爸来灵隐拜佛许愿，结果回来没多久，奶奶的病好了。

“所以灵隐许愿很灵。”他得出如此结论。

“那么，然后？”莫沫暗笑，他像个老先生，如此迷信。

“然后我们今天就去灵隐许愿，我们许同样的愿望，就是双倍许愿，肯定更灵。”

许什么？自是许莫沫明年一定考上音乐学院的愿望，周衡觉得那是一根救命稻草。

“可是，考上了，你却走了，我一个人要去音乐学院做啥？”莫沫还兀自不知。

“你不是说想和我同台演出吗？”周衡将莫沫的手贴在自己脸上，“等我回来了，你也快毕业了，那时咱们说不定真的有机会能在一起演出。”

莫沫眼前一亮，这是心愿单上最令人期待的一条。

到了灵隐寺门口，天色阴沉，像是要下雨的样子。走两步，还没到冷泉，雨就飘了起来，赶紧往飞来峰中的洞中跑去躲雨。想到上次，怎么一许愿就落雨，两人一定都是命中多水。

雨势又急又猛，从洞中往外望去，冷泉湖面一层薄雾，如仙境。莫沫开始有了奇异的想法，兴许佛祖要他俩等一会儿，多想想，再去许愿。

那就借着雨劲多想想，想到周衡要她一起许一样的愿望，都是许学业有成，而自己去博学业为的是和周衡在一起，不如直接许愿和周衡在一起，这样学业有没有成都无所谓了。

刚想好，忽地，雨停了，天晴了，莫沫觉得神清气爽，一定是佛祖同意她这么许愿。灵隐果真灵。

入寺中，请好香，进大堂便拜。双手捻着香，眼皮微沉，心中暗暗许下愿望，拜了东南西北，把香插到香炉中去。

登上一级级台阶，拜过一座座殿堂，莫沫只道是心诚则灵。

拜完，周衡像完成一件大事似的，缓了一口气。已到正午，两人去吃寺中的素面，算是生日面。

周衡从包中摸出一个盒子来："生日礼物，不过还是我帮你背回上海，这太重了。"

盒子里是一只杯子，粉红色的，上面印着一只戴着蝴蝶结的小猪："送给笨猪妹，生日快乐！"

一杯子，一辈子。

莫沫笑道："真的好重，还是你帮我背。"

她要她的一辈子，他帮她背。

"不可以碰碎！"她叮嘱他。

"放心，一辈子也碎不了。"

* * * *

接下来的日子，周衡要开始排练双钢琴，他的搭档，是余音子。

莫沫下了课去找他，见他俩还在排练，便悄悄坐在边上。

周衡正盯着琴谱，没抬头，倒是余音子看到了莫沫，便袅袅婷婷地，从自己的钢琴边走到周衡那边，居然就跟他坐在了同一张琴凳上，居然就凑了上去，手指在琴谱上指指点点，说着些什么，脸和脸离得那么近，都快挨在一起。周衡下意识闪开一些，余音子又像是看到什么似的，伸手拍拍他的肩，拿掉一丝线头，一副亲密无间的样子。

莫沫觉得自己再看下去，非得面目狰狞起来。

便寻了个时间，将余音子堵在校园必经的小路上。

见着她，新仇旧恨全涌了上来。上次艺考前，她故意跑来扰乱她的心神，后来莫沫明白了她的这层用意，这账还没跟她算过。

“你觉得你这样总缠着我男朋友，有意思吗？”莫沫先开战。

以为她会否认，找出些别的借口来，什么一起练琴之类。没想到——

“有意思，因为我喜欢他。”余音子笃笃定定地说出实话。

莫沫倒吸一口冷气，她居然承认了。

莫沫挺直腰板，足足高出余音子一个头来：“他爱的人是我！你觉得你跟他有可能吗？”瞪圆眼睛，趾高气扬的。

“有可能。”余音子竟也气焰高涨。

“为……为什么？”莫沫没想到余音子有如此胆量。

“因为你笨，”见莫沫呆住，余音子继续补了一刀，“笨到考不到我们学校。”

莫沫惊呆，自小到大，谁敢认真说她一个笨字？她现在是不是应该抽她耳光，踢她的腿，狠狠揍她一顿？

她只能恨恨地从嘴里挤出一句话来：“你，你是小三！”

“我不是小三，我只是在等待。”

“等什么？”

“等你们分开。”

“我们永远也不会分开！”

“莫沫，恋爱也分好坏，好的恋爱能让两人越来越好，但是坏的恋爱，只会让人越来越差。你看你们在一起，你没有考上音乐学院，他放弃了美国的大学，你在拖他后腿你知不知道！”

“我和周衡，好与坏，关你什么事？”莫沫才不信邪，别以为余音子那样说她就愧疚了。

“当然关我的事，”余音子一脸正大光明，“和周衡的前途相关的人是我，而不是你！”

莫沫见着余音子那坚定的神情，觉得她一定是魔怔了，她以为自己是周衡的女朋友？

“你错了，和周衡的现在还有将来相关的那个人是他的女朋友，是我！你余音子，只不过是他的朋友，你们就算是认识一辈子，你也只不过是他的朋友。”

余音子笑笑：“女朋友可以换，而且，你觉得一个男人到最后，会和一个事业上能帮他的聪明女人在一起，还是和一个空有皮囊的笨蛋在一起？”

“你说谁是笨蛋？”莫沫瞪着她，低下声音，走上前一步。

余音子往后退了几步：“我已经说得够清楚了，我先走了。”

“你不怕我把你刚才说的话告诉周衡？”

“你去告诉他好了。”余音子一脸无所畏惧。莫沫恨不得立时剪出个小人画上她的样子，用针扎她。

她转身跑回去找周衡，他正好赶去上下一节课，只得一路快走，听着面红耳赤的莫沫说：“太可恶了！余音子她竟然骂我是笨蛋……还有，她要当小三，她说她要把你抢走……你必须跟她绝交，一辈子也不要理她！”

这都是什么前言不搭后语的，周衡听得一头雾水，莫沫和余音子怎么吵起来了？真是一个头两个大。

起先还让她俩成为好朋友，后来看情形就算了，现在竟吵起来了。

着急赶时间，周衡只能简单对莫沫说两句：“你想多了，她脾气不好，但不可能骂人。还有，她是我同学，我怎么可能跟她绝交？我一会儿见着她了就问她怎么回事，你先回去，乖乖的。”

他只来得及拍了拍莫沫的肩，就赶紧走了。

莫沫在大太阳下晒着，银牙都要咬碎了，他居然不当回事，他不信她。

到了傍晚，再打电话给周衡，问他有没有去质问余音子，他却支支吾吾起来。

逼问他，他却说：“余音子对我哭了一通……”

欸？搞什么鬼？应该哭的人是莫沫我！

他继续道：“余音子说好好地走着路，被你堵路上了，她说你骂她……”

天地良心，才没有！

“她说你不许她再和我一起练琴，不许她和我一起演奏双钢琴，除了上课时间，不许她和我说话。”

老天作证，莫沫心中就算这样想，也从未说出口过，她明是非讲道理，谁知道余音子如此小人，抢先搞出另一套证词来。

“她在撒谎！”

“她跟我哭，说一直当我是最好的朋友、最好的搭档，现在我女朋友要她同我绝交，她问我还能不能做朋友了……”

“她在瞎说！”莫沫委屈之极，“你怎么回答她的？”

“我……我说我们一直是朋友来着……莫沫，我也不知道当时应该怎么说了，她哭得很伤心。”

“我……我也很伤心！”莫沫瞬间梨花带雨，抽泣着，“她说的没有一句是真的，她骗你！”

“但是，是你主动去找她的？”

“是又怎么样？”

“你惹她干吗？你知道我跟她又没什么，她跟我也是正常同学关系，只是比较熟而已。”

“比较熟？熟到跟你女朋友说她喜欢你？你是不是在怪我？你居然怪我？你女朋友！我！被她骂作笨蛋！你居然帮她说话？”

“我没帮她，我只是说，咱俩总是因为她的事吵，烦不烦呐？”

“你说我烦？”莫沫扯高了嗓门，口不择言，“周衡，你还是人吗？”

“我被余音子哭了一通，又被你骂，我做错了什么？我很舒服吗？

我最后再说一次，我跟她，只是普通朋友！你没事别乱想！”

千言万语都不必说了，莫沫只要他一句话，她问他：“你只要告诉我，你相信她，还是相信我？”

“我……”周衡那边却是顿了一下。

嘀嗒……嘀嗒……嘀嗒……他仍没有说话。

不容他再想，莫沫冷冰冰地截断他：“你不要再说了，你去找她吧，再别来找我了！”

她把电话挂了。

他再打进来，她摁掉摁掉再摁掉，关机。

莫沫要的是，他能够不容置疑地立即回答她：“我相信你！”差一秒钟也不行。

要是连这个都有一秒钟的犹疑，她还能信他吗？这真是要把天王老爷都气死了。

* * * *

感情是不是有定量？每吵一次架就用掉了一些，到了最后用完了，感情就没了？

莫沫一直在想这个问题，她与他，冷战中。

他说：“我没有不相信你。”

而她要的回答是：“我只相信你，不相信她。”除此之外，容不得其他答案。

她要：莫沫和余音子，在周衡心中，黑白分明。

他却要她冷静，好，那就冷着不理他。

于是，真的互不相见。

过了三天，如过三年。

先是生气，再是忍不住想念，但是他未主动来找她，自己决不能先去找他，忍着一股气，看谁忍得牢。

又过几天，他居然真的不来找她，哼，谁怕谁!

接着，开始更加生气，比一开始还要气:“算你有本事，算你忍得住，不来找我。”莫沫命令自己把他从脑海中赶出去。

再后来，莫沫从愤怒到失望，他舍得这么久不理自己，他一定没有想象中的那么爱自己。

最后，上帝都创造完整个世界了，周衡却像从这个世界上消失了。莫沫走在路上，整个人空空荡荡，遗失了灵魂，仿佛世界末日将至，生无可恋。

* * * *

台风季来临，到夜里，狂风大作，树叶被一顿劈头盖脸地打，再是闪电，再是雷鸣。莫沫最怕雷声，今天家中又无人，只好把所有的灯都打开着，自己蒙在被子里，瑟瑟发抖，因周衡而生的气早就烟消云散，只求这个世界有人救自己。

她拿着手机在被窝里缩着，想象自己在山洞中，手机便是唯一的火把，外界全都是妖魔鬼怪。边想着，雷也边打着，她将被子掀开露出一条缝，正好看见外面一道闪电劈了下来，利刃般的要将窗户砍破。莫沫鬼叫一声，恨不得晕死算了。

手机亮了一下，莫沫只剩半条命，一看是周衡发来的："我这边在打雷，你那边呢？"

他总算想起了她。

不过，哪还顾得及这些，莫沫像抓到救命稻草，赶紧回他："雷很大，还有闪电，我一个人在家，吓死了。"

紧接着，周衡的电话打了过来："你家里没人？那你还活着吗？"他知道她平生最怕打雷。

"我，大概还能再活一个小时。"莫沫带着哭腔。

周衡在那边笑了："胆小鬼，这么大的人，还怕打雷，你的世界末日就是雷雨天。"他是知道的，只要听到雷声，她就吓得失了魂。曾经有一个一模一样的雷雨天，他俩在街上店铺门口躲雨，雷声轰一响，莫沫就吓得两脚离地，差点跳到他身上去，他一把横抱起她，她将头缩在他怀里，发着抖，三魂七魄少一半。

"不，我的世界末日是失去你。"莫沫心中暗自道。

周衡轻声道："我陪你说说话，就不怕了，乖……"

莫沫听到他这声"乖"，眼泪一下子流了下来。

又一声巨大的声响突如其来，仿佛雷公电母藏在莫沫家窗户下，莫沫忍不住踢腿尖叫，只觉得五脏六腑都要被吓碎，整个人都崩溃了。

"我以为你不要我了……"莫沫哽咽着，心中被雷击得空落落的。

"欸？"周衡一愣。

莫沫抽泣着把这些天的所思所想一一道来，怨他念他，还以为他移情别恋，不理自己，真去找那个余音子了。

周衡听了又气又笑："我就是那个岳飞，'莫须有'！"

"那你这些天为什么不给我打电话？"她不依不饶。

"我怕你还生气，就让你先消消气。"

"你不来哄我，我的气就能自行消失？"莫沫觉得男人真是另外一种生物，无法理喻。

"大笨猪。"她要骂他解气。

"是是是，你不是说过我不是人吗？所以我是大笨猪。"

"噗嗤"一笑，气就消了，只要听到他的声音，就这么容易忘了不痛快。

"我想见你。"他说。

"我也想你。"她说。

"我现在过来找你？"

"你疯了，雨这么大！"

雷电虽远去，但暴雨倾盆。

突然整个房间全部黑了下来，莫沫的心一紧，屏住了呼吸。周衡听到她声音有异，便急着问发生了什么，莫沫向窗外望出去，整片街道都黑了。"天呐，停电了！"莫沫着急着往客厅摸去，想找手电筒，腰磕到桌角，哀嚎了一声，疼得手机"哐当"落地。

再拣起手机，只听到电话里周衡对别人喊了一声："妈，我马上过来。"再转回来和莫沫说了声"你等一会儿"。

莫沫便道："你去忙，已经不打雷了，我没事。"

周衡没说什么就挂断了。

虽然仍有隐隐的闷雷，但声音已是渐渐远去，莫沫觉得踏实许多，她蜷缩在沙发上，房间里又黑又凉，心却安定了。

慢慢地沉入一片混沌之中，迷迷瞪瞪不知过了多久，被一阵手机铃声吵醒，是周衡。他还没睡？现在几点了？莫沫揉着眼睛。

“喂！你家在哪幢楼啊？”周衡在电话那头大声问道，混着风声雨声。

莫沫一下子清醒了，从沙发上弹了起来：“你在哪儿？”

“我在你家小区边上的马路上，我忘记是哪幢楼了！”他喊道，风声在耳边呼啸。

“你疯了！”

“你没疯就行，你先告诉我你家在哪幢楼！我只看得清四幢楼，你们这儿还没来电，太黑了……”周衡扯着嗓子。

莫沫抓起手机往外冲，临到门边想到去拿伞，黑灯瞎火什么也找不到，一想，风雨正强，所有的伞都要被吹翻的，管它呢，便空着手奔向电梯。不对，停电了，只能走楼梯，仅凭手机微弱的光照着，足足15楼，莫沫跌跌撞撞，晕头转向，几乎以为永远也跑不到头。

冲进雨中，雨是横着下的，一整条马路都被雨水淹没，莫沫浑身湿透，小腿一半在水中，每跑一步就要先费劲拨开雨帘，雨水打到脸上，眼睛都睁不开。前面路中央，有一个高高的身影背对着她，她向他喊道：“周衡！”

雨声淹没了她的声音，她再喊，而他转到了另一个方向。

莫沫继续往周衡的方向艰难走着，喊道：“周衡，周衡哥哥——”

他终于转过头来，看到了莫沫。他向她挥着手，大声喊着她的名字，踩着水一脚深一脚浅地向她奔来，莫沫也向他奔了过去，这大概是他俩遇到的最艰难的奔跑了。

在这黑漆漆的雨夜，莫沫什么也看不清，她只知道自己被周衡紧紧拥抱在这雨夜中，头发粘在脸上，衣服全部湿透，粘在身上，粘在一起，路上已无行人已无车辆，只有仿佛下了一辈子的雨，日月无光。一生中再也没有比现在更加湿漉漉的时候了，也再也没有比此刻更加幸福的时候了。这雨夜又湿又冷，莫沫却觉得自己是温暖的。

“还怕吗？”他问她。

“不怕了。”她使劲亲了他一口，一嘴水。

“大笨猪，你脑子进水了吗？这么大的雨跑过来！”莫沫接着又捶了他一拳。

“是进水了，现在我脑子里都是水，”周衡抹了一把脸上的水，他带的伞早就被吹得散了架，“能先到你家擦干吗？”

莫沫牵着周衡往回走，只能继续爬楼，要爬 15 层，带着一身水，沉甸甸，爬得昏天黑地。

总算到了门口，摸着黑掏钥匙，周衡累得靠在莫沫的背上。

“不会吧！我竟然没带钥匙！”莫沫慌慌张张。

“不会吧！！”周衡把手机打开，照着亮光，莫沫继续翻找。

“该死，我真的忘记带钥匙了！”莫沫想起来了，刚出门时想找伞，没找到，就决定索性不带伞，这一决定就把应该带钥匙这事给忘到脑后。

“唉——”周衡的累劲全部涌了上来，靠着门往下滑，一屁股坐在门口，莫沫也跟着坐到地上，愁眉苦脸。他揉着莫沫的头：“笨猪妹……”

“怎么办？”莫沫快哭了。

“要不……开房去？”

“你流氓！”莫沫敲他的头。

“你在想什么？我只是想冲个澡，擦擦干。”这回想哭的是周衡。

不过恐怕连开房的可能性也没有了，谁也没有力气再跑下15楼，谁也不想再冲进雨中，雨夜中，哪里有车？

莫沫和周衡只好坐在黑漆漆的楼道里，两个人依偎在一起，身上又湿又温，湿的是残留的雨水，温的是两个人的体温。莫沫觉得靠着周衡，身上渐渐发烫。

“太湿了！”周衡把T恤脱了下来，一拧一把水，再看看莫沫，于是用拧得半干的T恤去擦莫沫的头发。莫沫想躲没躲开，叫道：“臭死了！”

“臭吗？”周衡拿回来闻闻，“不臭啊，这是我的体味。体味好吗？”索性再拿去擦莫沫的脸。

闹够了，莫沫的头和脸都被擦干了，周衡道：“湿着容易感冒，你也把衣服脱了拧干吧。”

“你偷看怎么办？”

“我有这么邪恶吗？好，你看我蒙着头。”周衡把T恤盖在脸上，背过身去。

背对背地，莫沫脱下上衣，拧干再穿好，回头看他，周衡脸上还盖着T恤，一动没动。

莫沫想吓他一跳，便悄悄凑近他，在他肩头咬了一口。

“哎哟——”周衡一激灵转过来，见莫沫笑个不停，便将她摁在门上，叫道：“你咬我，我也要咬你！”张大嘴就要来咬。

莫沫捂住脸，紧张得不得了，周衡虚张声势，却只是在她耳后吹着气，莫沫直叫好痒，周衡索性把手伸到她腋下，挠她痒痒，莫沫笑得要断了气。

莫沫戳戳他的胸口，道："快把衣服穿上，有伤风化！"

周衡继续挠她，她在他怀中笑得像个小孩，神情天真无邪，身材却因衣服贴在身上而显得更加玲珑有致。周衡不知怎的，手从她的腰间伸了进去，触到她的肌肤，又凉又滑，冰肌玉肤似的。

"干吗！"莫沫使劲拍打他的手，他的手心烫得不得了，她的脸腾地烧了起来。

周衡有些不好意思，放开莫沫，赶紧把T恤套好，然后老老实实跟她并排坐在门口。莫沫又凑了过来，挽住他的胳膊，头枕在他的肩上："在外面，不可以这样子。"

"那么在里面，就可以这样啰？"周衡笑她。

莫沫拧他的胳膊："你们男生真的好邪恶！"

周衡凑近她，鼻尖顶着她的鼻尖："那你喜欢吗？"

莫沫往后缩："喜欢什么？"

"喜不喜欢这样？"就算在黑暗中，周衡仿佛也能看到莫沫的小脸一点点变红。

"喜欢，"她眼睛亮亮的，"我还喜欢这样……"她迎了上去，吻住了他。

周衡呆了一秒，激烈地回吻回去，他将她抵在门板上，她觉得她周边的氧气消失殆尽，无法呼吸，但是不要紧，他的吻就是她的氧气。

她紧紧搂住他的脖子，颤栗着，她觉得自己快要不存在了，仿佛周衡带着她，进入了另一个空间。

不知过了多久，像是天长地久，周衡停了下来，放开莫沫，两个人在黑暗中你看着我，我看着你，喘着气，回到这个需要氧气的世界。

周衡突然笑了起来："你知道咱俩现在惨在哪里吗？"

"又冷又湿，没带钥匙。"

"不是。"

"又饿？"

"也不是，咱俩惨在孤男寡女，没有床。"

"你讨厌！"莫沫笑着踢了他一脚。

"唔，反正你喜欢。"

莫沫向楼道窗户外望去，然后跑过去把手向窗外伸："雨好像停了。"

"快起来！"莫沫把周衡从地上拽了起来。

"干吗？"

"你有力气再爬 10 层楼吗？"

"你让我爬我就爬，爬 100 层楼都行！"

摸着黑爬到顶层，推开一处暗门，莫沫拉着周衡跑到外面，是空旷的楼顶平台。雨停了，暗夜撕开帷幔，露出漫天的星光，俯视着他俩，地面仍是黑着的，星空却是灿烂的。

莫沫在楼顶平台上跑着跳着，指着夜空："周衡，快看，有好多星星。"

他跑上前去搂住她的腰，抱着她原地转着圈，她头抬着，看着空中，一切都在旋转，星空的美妙因旋转更像一场幻觉。

莫沫道："要是现在有流星就好了，我就又能实现一个心愿，和你一起看流星，一起许愿。”

“笨呐，我们会在一起一辈子，当然有机会一起看流星。”

“可是，我等不及一辈子，我现在就希望有流星。流星！流星！你快点出来！”莫沫叫着。

奇迹出现了。

莫沫和周衡都被眼前的景象惊呆了，像童话一般，路灯突然全部亮了起来，从眼前一直蜿蜒至远方，温柔而明亮。天空被洗刷得清彻透亮，本来一团乌气，现在都随风而逝，那雨那风那雷那闪电仿佛从未来到过，往远处看去，隐约能看得到东方明珠电视塔。一切那么地真实，又那么地不真实。

莫沫和周衡屏住呼吸，一动不动，天空中，不见月色，云层若隐若现，深邃不见边际，如此夜空，摄人心魄。

周衡突然对莫沫说："我只当余音子是我的好朋友，但你要是不放心，我向你发个誓。”

于是举起一只手，开始发誓："我，周衡，这辈子也不会和余音子在一起，我和她只是朋友，要是我破誓，我就再也不碰钢琴。”

“你乱发什么誓。”莫沫拍掉他的手，要他收回这一句。那一时刻，她觉得，无论将来如何，周衡是一定要弹钢琴的，不容置疑。

但有了这个誓言之后，莫沫心中就安定了许多，于是再去看他俩排练双钢琴的时候，脸色都平和了。

看着台上，莫沫想的却是，周衡的琴声，听一次少一次了。

她曾经觉得等待像是爱情的一道伤疤，迷人之极，直到将来，回想往事，就可以告诉旁人："看，我们的爱情是经历过坎坷的，最终还能在一起，只能是因为爱了。”

但渐渐想到，伤疤会痛。

等待是件多难的事？地球是圆的，但太大了；等待会结束的，但太久了。

想到从某一天开始，她的明天后天大后天，都再也见不着他，就莫名地流下泪来。边上有人递来纸巾，正是泪眼模糊，看也看不清，待擦净、道谢，才发现是戴锦程。

莫沫想解释，却不知从何道来，戴锦程看上去并未在意，他的眼神又转回那两架钢琴，他眼中只有余音子的那台琴。

排练结束，一起上前打招呼，周衡见着戴锦程，就又说起莫沫艺考的事。戴锦程道：“可以试试考我们这里，音乐剧系，回头我发我们系的简章给你。”又转身对余音子道，“正好有票，晚上一起去看话剧？”

“不去，今天累了。”余音子是千年冷面孔。

他当着所有人的面约她，她不给面子。

他无所谓：“好，那我送你回家。”

她不理他，只顾自己往外走，他跟在她身后。

余音子喜欢周衡，周衡不喜欢她；戴锦程喜欢余音子，余音子不喜欢他。一环扣不住一环，这大概才是大多数的爱。

周衡的心思全在戴锦程刚才的话中，一定要莫沫考虑一下音乐剧系：“越想这个专业越适合你，你会唱，又会演，跳舞也好。我去找戴锦程，要他介绍老师给你。”

好好好，一切随他，总归是为了他。

她缠着他：“你陪余音子弹了那么久，你也要陪我弹，弹给我听。”

“你刚才不是听着呢？”

“只弹给我一个人听才算数。”

周衡拉她到琴房，入夜了，楼道昏昏暗暗，摸着黑走了进去，关上门。

“灯的开关在哪儿？”莫沫摸索着。

“别开灯。”周衡小声道。

他打开窗，外面正对着路灯，那一点点的光线照进来，约摸能看清房内的一切。莫沫趴在窗台向外望去，月亮真圆。

周衡打开琴盖，当眼睛慢慢适应黑暗后，窗外的路灯和月光，足以让他分辨出黑白键了。

他轻抚着琴键，琴声如流水般倾诉着，就着月色，是德彪西的《月光》。

分不清是琴声还是月色，在莫沫心中洒下一片白，纯净如雪。她倚在窗前看着月亮，不知道是这琴声使月色更美，还是月色使琴声更动听，只知道月亮仿佛更亮了。

莫沫闭上眼，觉得将来所有一切都会心甘情愿去面对，不管等待是太痛，还是太难，只要是因为他，一切都是值得的，既然没有他会死掉，那么就为了他做一切事。

再睁开眼时，满屋都洒满了月光，见琴前这个人，已经弹完曲，坐在那里看着倚在窗前的她。莫沫身上半明半暗，背着光，完全看不清她的神色，只见发丝间一片银白。周衡轻声问她：“莫沫，你会等我吗？”

离别越近，越知道时间是最大的杀手，怕的人不止有她，还有他。

莫沫道:“我会永远等你。”

待推门而出时，见楼道中立了一个人，都吓了一跳。那人马上说:“对不起，吓着你了？你弹得很不错。”

原来是叶教授，真是巧，周衡上的大师班的那位教授。一起下了楼，临走时，他对周衡说:“你有没有考虑来德国？”

周衡一愣，一时答不出。叶教授便告诉他，慢慢想，若是想去，他会帮忙写推荐信。

对莫沫来讲，周衡是去德国还是去美国，都是离开中国，没有什么不同，她紧紧拉住他的手，因为知道有一天会松开。

第七幕

她曾经以为自己是幸运的，以为不必经历那九九八十一难，现在才明白，老天公平，什么也不会落下，只是来得或早或晚。

周盼总算到了法定结婚年龄，终于能结婚了。

本是莫沫做伴娘，周衡做伴郎，周望却吵着也要当伴郎，家中长辈说不如再加一个伴娘，凑成双数。

周盼还未想好找谁，长辈们便自作主张，要余音子来，她也未成婚，又与家中老小相熟，帮忙照应一下来往的亲戚，方便得很。

周盼不悦，说谁来当伴娘都可以，就是不能是余音子。

她当然明白那些长辈的想法，周衡和余音子才是他们眼中的般配。

莫沫却说："没事，她来就来，喜庆日子，你别跟家里闹别扭，你只管好好结你的婚。"

婚宴订在黄浦江边的香格里拉，待华灯初上，婚礼即将开始，一切都超乎意料地隆重而华丽，莫沫觉得这是她见到的最美妙的婚礼了。

婚纱有魔力。莫沫见过周盼穿着曳地长裙的样子，但穿上婚纱，就完全是另一种风姿。她站在镜前，莫沫将水晶发冠戴在她的发间，整个人都像披了一层流动的光彩，莫沫被感动。“周盼，今天是你最美的时候，”她搂着她，“我真羡慕你。”

周盼握住她的手：“我现在有的，你以后也会有的，一定会的。”

莫沫扶着周盼往婚宴大厅款款走去，远远就见花廊下等着的新郎和伴郎。

周衡西装笔挺地站在那里，看着莫沫走过来，对她微微笑着。新娘走向了新郎，莫沫却不由自主开始幻想何时她能够披着婚纱走向周衡，这么想着竟开始羞涩起来，低头不敢直视他。

莫沫知道，自己将会永远记着这一刻的周衡，着一身黑，玉树临风，眉目含笑，神态中全都是骄傲和爱意。

莫沫不知道，周衡会不会记住这一刻的自己，一抹淡粉色的纱裙，眼神清澈，花般笑颜，不记过去，不知未来，只知道看到他就心生欢喜。

新郎新娘忙着拍照，莫沫和周衡并排站在边上，周衡轻声对莫沫说：“你今天真漂亮。”

莫沫用手肘轻撞他，笑道：“我哪天不漂亮？”

“今天特别地漂亮。”

莫沫看了他一眼，看到他只盯着自己看，脸开始发烫：“喂，拜托，专心点，今天你是伴郎，一会儿要拼酒。”

“我一会儿醉了怎么办？”

“那就找块地板趴着睡去好了。”

“要么一会儿咱俩也在这里开间房，反正今天他们会闹到很晚，我肯定会醉。”

莫沫的脸真的红了。

正说着，一位长辈过来，周衡赶紧招呼着，那位长辈却拉着周衡的手：“音子呢？音子和你在一起吧？”周衡只得指了指大厅中，道：“音子在里面，您找她？”

“不找她，周衡呀，你跟音子也快了吧？你看周盼都结婚了。”那位长辈的嗓门很大。

周衡没来得及解释，那位长辈便走开了，再看一眼莫沫，莫沫的面孔像石板。

“别理他们。”周衡对她咬耳朵。

莫沫以为刚才的长辈是特例，却没料到接下来好几个亲戚都同样如此，周衡介绍莫沫是自己的女朋友时，竟有位亲戚还小声讲了一句：“咦，难道不是余音子吗？”

“你……你到底跟余音子发生过什么？”莫沫瞪着眼，忍不住偷偷掐他。

“这都怪我爸，小时候一直带着余音子跟我和亲戚吃饭，总说是订过娃娃亲的，他们还真就相信了。”

娃娃亲？青梅竹马真是有群众基础。眼睁睁看着自己的男朋友被拉郎配，配的还是自己讨厌的女人，莫沫恨不得拉着周衡逃婚，逃离这场婚。

新郎新娘合完影，周盼要摄影师给周衡和莫沫单独拍一张，留个念。周衡便搂紧莫沫，边上总算有些亲戚明白过来：“原来那个才是周衡的女朋友”。

是是是，今天就抓住机会发通告，正牌女友在此。

灯光暗下，门已经关闭，大厅中渐渐安静了下来，周衡和莫沫、周望和余音子两两一排站在台下，待《婚礼进行曲》响起，金色大门打开，玫瑰花瓣在空中飘舞，新郎执着新娘的手，缓缓走来。

余下的程序，便是送上戒指递上香槟，全场觥筹交错，一片花好月圆。

回到主桌，赶紧吃上几口，周衡一边给莫沫剥虾，一边问周盼："你一会儿还搞什么演唱会吗？"

"当然！上次就说好，我结婚时要玩这个节目。不过得等敬完酒，否则真能把咱家那帮老亲戚们给吓着了。"

"玩什么？"余音子不明就里。

周望说："我姐要抓住青春的尾巴，非得把自己的婚礼搞成单身告别会，要举办大型卡拉 OK 活动。"

余音子对周衡说："我好久没唱歌了，一会儿你陪我一起唱吧。"

"找周望，"周衡忙道，"周望唱得好。"

周望马上接翎子，拍胸脯："我陪姐姐唱。"

接下去递烟敬酒，两位新人都是亲友众多，一路敬下去，三四十桌。

周衡身上被蹭到了酒渍，趁周盼换礼服，莫沫拉他去包间，用沾了水的毛巾赶紧擦。

"结婚真是累死人！"莫沫道。

"那旅行结婚？"

"旅行结婚就没有婚纱，我要穿婚纱。"

"好，那就穿婚纱，然后找个别墅，办个花园婚礼。"

“喂，谁跟你结婚啊！”莫沫笑着想躲出去。

周衡不让她出去，用手挡住她，将她靠在墙边，凑近她：“那你说我跟谁结婚？”

但听外面周盼喊了一声“好了，走了”，他飞快地吻她一记，像偷来的。

回到厅中，见余音子蝴蝶般地从这一桌飞到那一桌，和周家亲戚热络得不得了，好像已是周家的人。

敬到新娘家，还是有些亲戚弄不清状况，周衡被问多次和余音子何时好事，还没来得及解释，就又被问，接着敬酒，说些祝福话，主角是新人，谁有心思听周衡解释。莫沫只想塞住耳朵，赶紧将酒敬完拉倒。

呼啦啦，婚宴那套传统程序总算完毕，长辈们已经起身走了一半，艺专那些同学凑上台来，打开音响，开唱。第一首就是摇滚，婚宴上唱摇滚，也只有周盼干得出来，她穿着紧身的晚宴裙，配着马靴，比着手势尖叫着。

见这阵势，亲戚好友一半都不走了，留下来看热闹。

真是热闹，玩音乐的都是疯子，你方唱罢我登场，台下一群跃跃欲试。

周衡悄声对莫沫说：“一会儿咱俩一起上去唱。”

“我喝得有些晕，我们去江边走走。”

再不想在这种场合待下去，人人都以为周衡和余音子是一对，介绍莫沫时，他们仍会带着半信半疑的神色看她，只觉得莫沫是赝品，周衡没用心。拿什么跟余音子比？她在周家亲戚眼皮子底下吃了十多年饭，两个人同年同月同日生还同专业，还能有比这个更般配的吗？周衡若不和余音子在一起，真没天理。

好，他便拉着她的手往人群外挤出去。

刚推开两个人，便听到有人在台上说话，周衡忍不住回过头来，是余音子。她在台上摇摇晃晃，仿佛喝得有点多。

“今天，在这个特殊的日子，我想邀请一个人上台跟我合唱一首歌。”她把话筒拿得很近，声音很响，嗡嗡的。所有人静下来，看着她，开唱前还要说些话，演唱会似的。

“十多年前，有一个跟我同年同月同日生的小男生和我同一天开始学钢琴……”

台下已经开始有哄笑声，低低的有些声音：“是周衡吗？……”

“……我俩一起弹到现在，我很感谢他陪伴了我十多年……”

莫沫抬眼看周衡，他面无表情。

“……所以，我想邀请他上台和我合唱一首歌，我想……”她停了下来，声音竟有些哽咽。

台下开始有掌声，像是鼓励。莫沫拉紧周衡的手，想把他往外拉。

台上的她，稳住心神，仿佛下了很大的决心，使出全副身家的勇气：“……我想，这首歌能表达我的心意。”

掌声越来越响，已有不少人转向周衡。

前奏响起，她在等他。

“你是我心内的一首歌，心间开起花一朵……”第一句男声部分，她只是哼着，她还在等他。

周衡身边有人对他说：“上去，上去呀！”

周衡转向莫沫："音子喝多了，我上去唱两句，就把她拉下来。"

莫沫青着脸，拉着他的手更紧了："不准去！"

"上去，上去呀！"边上的人说。

"你是我生命的一首歌，想念汇成一条河……"台上的她唱了起来，周衡往台上看一眼，便目光对上，她本来就一直在盯着他。

他再转向莫沫："我不唱，我就上去把她拉下来，她绝对喝多了。"

莫沫红了眼："不准去！"

这时，周盼将周望推了上去，周望拿着话筒走向余音子："姐姐，说好的，我陪你唱。"

余音子却退了一步，扶着额大声道："你是弟弟，我要的是哥哥。"

台下大笑，都在看戏。

"点在我心内的一首歌，不要只是个过客……"歌声继续，只见余音子唱得晕头转向。

周衡紧皱着眉头。

已经有人动手拉着周衡："上去，上去呀。"

他转向莫沫，张了张嘴，却没说出话来。

莫沫使劲甩开他的手，甩下一句话："你要是上去了，就别下来了。"

"莫沫，你等等我，我把她拉下来，就陪你去江边。"他看看台上，余音子晃着，站都站不稳。

她仍唱着："好想问你，对我到底有没有动心……"

莫沫睁大眼，眼泪在眼中滚："你要是上去了……"

没说完，他拍了拍她的肩，转身往台前走去。

"……就别再来找我了！"她在他身后声嘶力竭。

她的声音，被歌声压了过去。“……沉默太久，只会让我不小心犯错……”

泪水滚烫，烧得眼前人和物一片片坍塌，莫沫看到周衡上了台，余音子一个趔趄向他扑去，在跌倒前，他一把扶住她。

在别人眼中，他和她，终于遂了众人愿。

莫沫有那么一瞬间，觉得没了视力，目光所及，一片黑。

她转身离去，周盼去拉她，她将她的手拨开。周望在后面跟了上来，她对他吼，她从未这么凶过。她不知道往哪里去，只知道不能停下来，她必须离开这里，离开这些人，她不要看到余音子，不要看到周衡，她不想看到所有人。

大厅内歌声旋绕：“……在我生命留下一首歌，不论结局会如何。”

* * * *

冷，很冷，薄纱裙子，露着肩，莫沫走在滨江大道，漫无目的。

刚才，甚至连听力都失去，所有的声响都远在千里之外。现在，真好，一切都安静了。

海关大楼的钟声缓缓敲响，对面的楼一幢一幢明明暗暗，她往远处看去，这大概是上海最美的景致。

身边不远处，有吉他歌手在弹唱：“甜蜜蜜，你笑得甜蜜蜜，好像花儿开在春风里……”

莫沫仿佛看到两个身影，虚晃着，透明似的，是他和她的前世。

那两个影子，就站在这里，站在她眼前，笑得甜蜜蜜，像两个傻瓜。

她听到他问她："你愿意做我的女朋友吗？"

她看到他吻着她，他抱着她旋转，像飞了起来，飞起来了。

越飞越远，什么也看不见了。

她曾经以为自己是幸运的，以为不必经历那九九八十一难，现在才明白，老天公平，什么也不会落下，只是来得或早或晚。

不知何时，他跟在她身后，亦步亦趋。

刚才，周衡上了台，连拖带拽地将余音子扶下来。她大醉，下了台还唱个不停。他把她交给周盼，便往外冲，而门外早已经不见莫沫的身影。

还好周望有心，一直远远地跟着莫沫，打电话给周衡，要他过来。

他走上前，扶住她的肩，她猛地回头，他离她只一步。他想来抱她，她往后一退："别碰我！"使尽全身力气，那嗓音连自己都觉得陌生。

他僵在原地。

莫沫使劲瞪着他，瞪出火星子来，他急着解释刚才的一切，后来……后来当然什么也没有发生。

"你就当我去救她的场，朋友义气。"他开始讲道理。

她只是气，气他为什么不能抛下一切跟她走，非得要管要顾，他絮叨那些后续情节，谁要听。

她哑着嗓子："就算不去救，她会死吗？"

"她那样子在台上，太丢面子。"

"那我的面子呢？周衡，你有没有想过，你上去了，我的面子就丢光了。"

“你是我的女朋友啊……”

“女朋友就可以不要面子了？她在向你表白，你上去就是应了。”

“你胡说些什么，你忘记我发过的誓了吗？”

她却捂住耳朵尖声叫道：“我不听，我什么也不想听！”

突然，莫沫的手腕被他强力拉开，他不知轻重，她生疼生疼。

他大声在她耳边说：“莫沫，我们别吵了好吗？我就要走了啊！”

这一下子，谁也没了声音。

她怔怔地看着他，直看到黯淡无光，她一阵悲伤，他终于告诉她他要走了。

曾经觉得很遥远的事，一下子贴得这么近，烫得火辣辣地痛。

来不及了，要来不及了，他要走了，要离她千里之外了。

不知道是她扑到他怀中，还是他拉她入怀中，两个人紧紧拥在一起，她想这天地间，她什么也不要了，只要他说很多惊天动地俗不可耐的情话，或者只是告诉她只要她说一声“你别走”他便不走了，不过这简直是奢望和幻想。

“可不可以不要走？”她哭了，像个孩子迷失了方向，被弃在街头，找不到带她来这里的人。

他什么也没有说，这才是现实。

那歌声传来：“甜蜜蜜，你笑得甜蜜蜜，好像花儿开在春风里……”

第八幕

莫沫曾一直以为自己像是垂在悬崖上的人，快要没力气了，但每每想到她是一定要和周衡在一起的，便生出最大的力气往上爬，但是现在她真的没力气了，她眼睁睁地看见自己松了手，往下坠去。

第一个走的是周盼，跟她老公去美国读书。

一切都是太匆匆，一切都是来不及。

机场，周盼搂住莫沫大哭："对不起，都怪我。"

"傻瓜，"莫沫拍着她，"我明明得谢你，没有你我怎么能认识周衡？"

周衡没有来，这回真是有正式演出，他和余音子的那场双钢琴表演。

"可是……"周盼肿着眼，说不下去。

可是他让她伤心了。

能伤心，说明还爱，不爱了，才能刀枪不入。

“没有什么可是，谁都没有错。”她安慰她，不能让她带着愧疚走，“余音子喝醉了，周衡上去救场，我当时只是撒气，但是现在没事了，你看，我好好的。”

“你和我哥要一直好好的。”周盼仍不放心。

“放心，等一会儿你走了，我就去听他的演出，说不定还能赶得上。”

送走周盼，和周望一起回去。路上，莫沫向他道歉，那天对他太凶了，她不该吼他，周望却说不记得有这回事，他真是乖小团。

“你什么时候走？”莫沫知道周望也被家中安排要去美国读书。

“也许我不走了，留在上海读大学。”

“为什么？”

“我姐走了，我哥也要走，连我也走了，谁陪你？”他打着哈哈。

“开什么玩笑？”莫沫笑起来，周望冲她做了个鬼脸。

还好有他，陪自己一路讲着笑话。

真去剧院了，真赶上了，摸黑进场。台上两架钢琴背靠背放着，演奏者面对面坐着。莫沫坐在二楼第一排，看到的是周衡的背影和余音子的正面。

造化弄人，莫沫想看到周衡的正面，却只能看到背影，而她根本不想见到余音子，却能清清楚楚看到她的脸。

他着一身黑，余音子也是一身黑裙，她和他中间隔着两架钢琴，她看着他，应该是凝视，而他也一样。莫沫看不见他的脸，不知道他是怎样看着余音子。两人端坐不动，在开始演奏之前，每一秒都过得漫长。

余音子一动未动，只在一呼一吸间，周衡便知道她已经准备好了。他略微点了一下头，动作轻到几乎不会被注意，两个人便双手同时摁在琴键上，琴声在同一时间响起，莫扎特 D 大调双钢琴奏鸣曲 K448。

音乐，应是世上最美的声音，莫沫却听得麻木。她呆呆地看着他的背影她的脸，如局外人，台上他和她，才是黑白世界的浑然一体，清晰，干脆，没有半点含糊。

莫沫眼前泛起一层雾，她原本以为自己能看清他与她的前途，明亮亮的，一级一级台阶往前伸去，现在却生出一种迷茫，令她看不清看不准，生怕一脚踏空，不知会跌向何处。她害怕了。

眼角有些润湿，用手抹干，边上却递来一张纸巾，欸？转身一看，又是他，戴锦程。

想是连座的票，被周衡和余音子各得一张，周衡的给了莫沫，余音子的被戴锦程拿去。那两人台上在一起，这两人台下在一起，莫沫和戴锦程，命运相同。

“他们俩，大概会一起出国。”她说完就后悔，她是周衡的女朋友，戴锦程又不是余音子的男朋友，他还不如她。

但在黑暗中，忍不住袒露心扉，莫沫小声问他：“你是不是喜欢她？”唐突就唐突了，她想印证，她与他，同病相怜。

“喜欢，”他倒是大方承认，“但是有什么用？”然后轻笑一声。

莫沫心中“咯噔”一声，耳边凭空响起一个声音：“相爱，但是有什么用？”

一个激灵，挺直了背。

* * * *

琴房中，莫沫等着他，了无生趣地等。翻出一本琴谱，翻到一页，顿时觉得连老天都知道她心情，她打开琴盖，把那页谱子放在眼前，慢慢弹了起来。

是肖邦的《离别曲》。

她弹着，眼前似有秋叶落下，寒冬将至，春天却遥不可及。有些相聚没有因由，有些离别毫无恶意，就如落叶，只因人世间的四季，少了阳光，缺了水分，枝没有力气抓住叶，风一来，叶就只好随它而去了。

有些人是枝，有些人是叶，虽不情愿，但有时想抓也抓不住，只得眼睁睁看着枝枯萎、叶落去，那种离别时的哀伤，平淡得好像天经地义。

莫沫听到身后的声音，知道是他来了，她没有回头，《离别曲》仍未停，她还未弹完。

他的手从她身后伸了过来，抚在琴键上，伴在她的手两侧。他的气息围绕着她，他半拥着她，一起合奏这首《离别曲》，直至曲子弹完，房间里不再有任何声音。莫沫回转身去扑在他怀中，周衡将她的头摁在自己的胸口，鼻尖蹭着她的头发，软软的，香香的。他深呼吸，把她的味道全数吸入自己的身体，渗进自己的记忆，这样，他就不会忘记她了。

刚才在门口，听到《离别曲》，周衡便叹一口气，弹什么不好，非弹这首，琴声若会说话，说出来的就是有缘无分、擦肩而过。他曾经以为以爱为名就能风餐露宿，而未来那些日日夜夜，漫长得看不到尽头，但毕竟他和她，谁也没有走过那条路。

他曾经以为他什么都知道，到头来，他什么也不知道。

他猛地将莫沫的脸捧住，她的脸本来就小，自己双手又盖去大半，显得更加小，有一种楚楚可怜的神态。他紧盯着她说：“你答应我，永远不要说分手这两个字。”

莫沫被吓着，只得使劲点头，怎么就突然听到这一句了，做梦一般。

怕没有“永远”时，才会不停地说“永远”。

他不过是怕了。

过电似的，那种不安从他身上传了过去，但谁也不想承认，只得匆匆忘掉，只得吻在一起才安慰，唇被咬住，像是要吃掉爱着的那个人，风暴般地猛烈，像是要把那人嵌进自己身体里，拼着命地，浑身像着了火，天旋地转，又像被丢进水中，越沉越深。

再一同走到日光下，恩爱得如同头顶的烈日，非得将旁人晒化。不知道还能厮守多久，就赶紧及时行乐，只要这一秒是欢喜的，就别去想下一秒是不是哀伤。

* * * *

周衡决定去德国，马不停蹄地开始准备材料，录 CD，学德语。余音子见状，也改了志愿，她总是要跟定他，天涯海角的。不过莫沫对她的提防倒是淡了，或许是没办法，或许是根本没力气顾及，她的心思全在周衡身上，她顾不得去管别人了。

她从未这样黏着他，除了吃饭睡觉读书，全天候地混在一起。莫沫在日历上标出离别日，天天计算着过日子。周衡却心急，眼见着莫沫连读书的意思都没有了，这怎么成，不能耽误了艺考，便催她，赶羊似的赶她去上课。也想多陪她，但哪里有时间，自己说不定过些天还要去一次德国，准备事项实在太多。

莫沫却又开始盘算找工作，说是不如赚些钱，周衡便有些恼："你缺钱吗？缺钱我给你！现在你的主要任务是准备艺考！"那口气，他像她爸。

"不是，是想存些机票钱，这样想你了就可以飞过去看你。"莫沫嬉笑着，看不出周衡满脸的乌云。

他想训她，长久，又岂在朝朝暮暮，但见着她的笑颜，就忍了回去。

"我有可能要去德国面试。"他说。

她默默将心中的倒数日再划去一些，道："那你去之前，我们一起出去玩吧。"

"去哪儿？"

"爬山，看星星。"

他叹口气，也只好依她。

* * * *

佘山也是山，便去爬，上面还有天文台。兴冲冲地，却一会儿就爬到顶了，只可惜山太小，不够爬。

莫沫希望是一座很高很高的山，穿入云霄，几天几夜都爬不完，这样她就能和他几天几夜都在一起，上课考学出国这些世间俗事，统统滚到一边去。

她要和他，神仙似的。

周衡道：“可惜今天没有流星雨，这地方最适合看星空。”

莫沫道：“看星星就行，你陪我看一晚上。”

“你明天不是还有乐理课？”

“管他呢，逃一次没事。”

“不准逃课！你带没带乐理书？”他翻她的包，还好带了。

他板着面孔：“太晚的话我还是打车送你回去。”

她撒着娇：“你不愿意跟我在一起多待些时间？”

他却说：“功课要紧。”

真是没趣。

找个餐馆吃饭，莫沫翻出背包里的乐理书看着，周衡见她用功起来，便脸色一缓，道：“你什么也别多想，只要好好考就是了。”

整天考考考，莫沫随口便说：“要是这回再考不上怎么办？”

周衡的理想是出国，周盼的理想是结婚，余音子的理想是跟着周衡，他们全部都能实现，但是莫沫自己的理想呢？她时常觉得内心是空的，不知该拿什么来填。

没想到周衡却重重将茶杯摁在桌上：“瞎讲！这次肯定能考上。”

莫沫道：“我这是讲实话，你早说过，考音乐学院，没那么容易。”

“那你可以更努力一些。”

“我只是想和你多待一些时间。”她有些委屈。

“不多这几天。莫沫，”他拉着她的手，“我当然想和你在一起，你考上了，一切问题就都解决了。”

“问题？”她掠了掠额前的刘海。

周衡嗫嚅着，她不放过他：“什么问题？是我吗？我是个问题吗？”

他只顾喝茶，茶杯挡住了他的脸。

莫沫便不再问，低头片刻，再抬起头来，脸上乌云已过，放了晴。

不管不顾地，只是硬拖着，入了夜，终于见着满空的星星。

两人拥着，周衡道：“我们看到的有些可能是星星几百万年前发出来的光。”

“那现在呢？”

“现在，星星说不定已经死了。”

“星星也会死？”

“什么都会死。”

那这夜空闪着的，是星星的魂？那整片夜空，都会是星星的坟？

莫沫不寒而栗，她捂住周衡的嘴：“大晚上的，不准说死。”

人一无所适从，就开始迷信，总以为嘴里说出来的有天意，言语像魔咒。

终是没赶上回市区的末班车，深更半夜的，甚至连一辆出租车都找不到，只得找了山下一间宾馆。

莫沫在洗手间里洗着脸，听着周衡在房间里打电话，以前总开玩笑说要开房，今天真开房了，会怎样？莫沫见镜中自己的脸，面红耳赤，她是怎样都愿意的。

胡乱将头发扎起来，项链被一绺头发挂住，没留心，一用劲，项链断了，掉到洗脸台上。

这项链是情人节他送给她的，她戴的是一把锁，他戴的是一把钥匙，他说只有他的钥匙能开她的锁。

她捡起来，发现只是搭扣松了，再挂在脖间，把那把搭扣锁头一合，又戴上了，不放心，再使劲一拉，那锁头便又被打开。莫沫有些愣神，原来这项链是不需要钥匙的，自己一直戴着，竟不知道，其实只要一用力，就能打开。

所以周衡那把钥匙项链，有没有都无所谓。

也是，哪个做项链的人这么实心实意，真心要那把钥匙才能打开这把锁，要是分开了，难不成锁永远无法打开了？——不不，周衡说过，永远不说分……不说。

回到房中，周衡已经躺在床上，闭着眼，莫沫轻轻躺在他身边，头靠着他的肩。她的气息，这么熟悉，他差点就想将她搂入怀中，将头埋在她的发丝间，但是他哪敢，天晓得一碰触她，会发生什么。他觉得自己既哀伤又可怜，他用被子将自己裹成一个茧。

莫沫在他耳边道："你说，你走了以后，咱俩得多久见不了面？"

见他不理自己，她又自言自语："一年？你要是中间不回来，得两年。两年读得完硕士吗？或三年？三年真是太久了，我想象不出，我艺专不过读了三年……"

周衡再也忍不住，道："别说了，求你别说了好吗？"

渐渐地，他的肩头开始耸动，声音是憋着的，听着模糊。

"你哭了？"她将他的脸扳正。在灯下，周衡的脸一半明一半暗，她却在想，她从未见过周衡哭，原来，一个男人哭，是这个样子。

莫沫侧着身，细细地看他，声音又轻又慢：“你是不是……有可能不回来了？”

这话，他不说，她替他说。

周衡一闭眼，泪水一下子从眼角流到耳根，莫沫赶紧用手去抹，只想着泪水别流进耳朵里去，这么想着，自己的唇却咸咸的了。“没关系，没关系呀，你不回来也没关系，”她只顾着擦周衡的泪，顾不得自己的泪，“我去找你好不好？”

她想听他说“好”，这样，她就可以披荆斩棘，前方有什么都不怕了。世界虽然大，但是圆的，时间虽久，但是可以等。

可是他什么也没说。周衡用被子蒙住自己的头，整个人背了过去，只觉得自己凭什么说这个“好”字，凭什么给她这个念想，这是连自己也把握不住的幻觉。

但她不服，她只要一个“好”字，为何他不给？

她摇着他的肩，呜咽着：“你说呀，你说好不好啊，我去找你好不好？”

他将被子掀开，转过来对着莫沫：“我不知道！我不能说！”

他只知道现在的自己，什么也担不起，他悲伤地看着她：“我要你好好的……但是我真的什么也不知道。”

原来以为承诺，只要开口便是，现在才知道，承诺在舌尖如千斤重。

不是不爱，只是不敢。

他想到很远很远，也许他能回来，也许不回来。在那段漫长的时光中，也许她会等自己，也许她会来找自己，也许她身边会有别的男生，也许她就忘记了自己，也许……

周衡六神无主，未来是很多个也许，重叠出现在他眼前，他觉得自己毫无力气去抓住些什么。在此之前，他以为自己是勇士，现在却不知如何是好。既然前途渺茫，便什么也不说，什么也不做，应该是对莫沫最好的选择。

他觉得他太爱她了，而她却觉得他不爱她了，他这么冷淡，甚至不愿意碰她。

周衡盯着天花板，极力稳住声音："赶紧睡吧，明天得早起，我送你去上课。我睡着了以后最讨厌别人碰醒我，你……你别碰我，我……我会发脾气的。"他说得像个结巴。

而她却哑住，只得隐隐地哭，哭了多久，他便听了多久，他不知道自己有没有真的睡去，只知道他和她，心中一片兵荒马乱。

待周衡再睁开眼时，窗帘外已经发白，身边已经没有人了。

一惊，一抬头，便看见桌前亮着灯，莫沫坐在那里低着头。

"你在干什么？"他问她。

"我……我在看乐理书。"她的声音像鼻子被塞住，嗡声嗡气。

莫沫觉得周衡不爱自己了，这句话整夜在脑海中翻来覆去，人混混沌沌，一会儿醒了，一会儿又困去，熬到窗外有些朦胧，她掀开窗帘，外面是阴沉沉的，似雨非雨。若是晴天，这个钟点兴许能看到日出，但她与他总归是没有运气，总归见不到太阳升起的时刻。

莫沫趴在床前，看着周衡的脸庞。他眉头有些皱着，她伸手想帮他抚开，却怕惊醒他，就这么看着，心想不知道还能看多久。

从他的额头，到眉。莫沫一直喜欢他的眉毛，尤其是得意时往上一挑，神采飞扬，她的心就软了。再是鼻子。周衡的鼻子也高挺漂亮，他说是自小捏高的。接着是他的唇。她想再亲一下。他的下巴，胡子长出来了，她想伸手摸摸是不是扎扎的。他的眼睛是闭着的，还好闭着，若是睁开了，莫沫不知道他会怎么看着自己，他会怎么看着一个他不再爱的人。

她走到桌前，拧开灯，抱着乐理书。字一个一个在眼前跳着，她瞪大眼，想要将字一个一个追回来，眼睁睁，却见字一个一个糊了，洇湿了。

她那么爱他，他却不爱她了。

他一路送她去上课，一路无言。再过一个路口就要到了，莫沫停下来，道："别送了，我自己走过去。"

周衡叮嘱她："接下来我有好多事要忙，陪你的时间不多了，你要乖乖地上课，不准逃课。"

她别过头去："你不用关心这些了。"

他扶住她的肩："我当然要关心。你别管其他的，只管好好考，考上就行了。"他想了一夜，也许还是有办法的，他先去那边，留心一下莫沫的专业，看看有没有可能她以后也能一起过去，只是，她首先得考上音乐学院。

世事难料，自己都还没过去，就先不告诉她这些，以免乱了她心神，她只需要专心备考就行。

他以为的成败，在此一举。

谁知莫沫却退了一步，那神色他从未见过："我的事，以后不用你管了。"

周衡仰头叹了口气，求她："莫沫！你别闹了。"

"我没闹，你眼中只有考试，没有我。"

"哎，你怎么就不懂？"

"我想了很久，我终于懂了，"莫沫靠近他，初冬清晨的风，吹过胸前，凉得透过心间，她的头发被风吹散，蒙住了额头蒙住了眉眼，"要是我有余音子的条件，是不是就没问题了？"

莫沫将头发掠到耳后，一张脸清秀苍白，盯着周衡："要是我一直一直，永远也考不上了，是不是我们就不能在一起了？"

她看他的眼神，像是看着一个陌生人。

周衡像被刺痛，打断她："你在胡说些什么！你替我想想呢？我也有压力，别这么自私好吗？"

"我自私？唉，我要是早点自私就好了！"

她的心一点一点冷去，以为的执着，原来只是硬扛，以为的信心，原来只是不死心。

真是可笑。

莫沫站得笔直，微微踮起脚尖，像初见时那天她看着他，他也看着她，她在他耳边问道："要是全世界的人都嫌我，你嫌不嫌我？"

危险的神情，危险的气息，危险的问题。

莫沫但愿他对她说一声"我爱你"，那么她就会义无反顾地将之前的疑虑全部清空，死心塌地去爱他。

周衡却只是摇着头，他只会解释，只会说："莫沫，你想错了……"

"他再也不说'我爱你'，他是真的不再爱我了。"

莫沫在那一刹那，觉得一切都没有意义了。

后来的影像，失去了颜色，消失了声音，如同倒退回默片时代，胶片回转，连轮廓也渐渐模糊。莫沫看不清周衡，渐渐地，连自己也看不清了。

她只知道自己是这么说的："你放心，我会好好考，为我自己好好考，我一定会考上音乐学院。从今往后，我不会让任何人瞧不起我，你不要来找我，别打扰我看功课。"

说罢，她转身走了。

莫沫曾一直以为自己像是垂在悬崖上的人，快要没力气了，但每每想到她是一定要和周衡在一起的，便生出最大的力气往上爬，但是现在她真的没力气了，她眼睁睁地看见自己松了手，往下坠去。

莫沫终于知道，当她爱的人不再爱她的时候，她会是怎样了，她不会死，她只会……也不爱他了，只是这感觉比死还要难受。

第九幕

她对他关上了门，他想走上前去推开，却发现自己一点力气也没有了。

周衡觉得有很长一段时间没见着莫沫，从德国回来，他就想找她，打她手机她不接，发短信也不回。周望倒是知道她情形，说莫沫姐发疯似的看功课，还差遣他去借高三的复习资料，据说有次在路上低头背英文单词直接撞到大树上，周衡想想那画面就要笑。“然后呢？”他问他。

自己女朋友的事，还得从弟弟那边打探。

周望说，她去求戴锦程介绍更好的老师，又为了纠正发音，一天一个电话给外教练口语——莫沫姐这次肯定能考上！

那个外教！周衡再拨莫沫的电话，直接被摁掉。

她真的生气了，这么久。

琴谱中被《哈巴涅拉舞曲》夹着的那页是《爱之梦》，见不着人，就弹曲思人。

当他弹下第一个音符后，他便沉迷进去——青葱少年在爱的梦境中，看到了年华老去的那一天，思念、心动和热烈，是因为现在的忧郁和悲伤。他只知，爱若是桎梏，他会情愿身陷囹圄，因为他无法拒绝，直至死亡，直至重生，这世上，每个人都逃不掉。

周衡越见不到她，就越想她。

她不肯见他，他只好算着到艺考那天去等她，一早立在校门前，忐忑不安。

他终于见着她。莫沫捧着一大束花，小下巴尖尖的，瘦了许多，头发不知何时已过肩，黑亮黑亮，耳边挑染出一缕紫色，全白的飘纱长裙，脖间一根金色项圈。那神色，漂亮得飞扬跋扈，那气势，他许久未见了。

她也看到他，一怔，嘴角往上扯了一下，算是笑吗？

她应该扑过去，扑进他的怀里，她应该吻他，应该在他的长腿上踢两脚，以前的莫沫见着周衡总是这样，但那是以前的事了。

莫沫一时间又酸又苦，不见他的这些日子，每每在昼夜交替时，思念就悄然滋生，蔓延心中，她只能用书本和歌声来抵消。但这是秘密，她得用铠甲包裹自己，这样才得以刀枪不入，不过铠甲穿久了，就好像长在身上。

那酸苦，一下子被冲淡成无味。

他想去拥住她，却不知觉地动作僵硬，而她一闪，轻轻巧巧地，什么也没发生。

“哪来的花？真漂亮。”他说。

“唔，Joey 送的，老外就喜欢送花，他祝我今天考试顺利。”

若是往常，他就直接将这束花抢过去，但今天哪敢这样，只好对她说："一切顺利。"

莫沫对他一笑，把花塞给他："你拿着吧，我进去了。"

周衡在后面道："我等你。"

"今天不用了，周望说等我考完请我吃大餐。"

莫沫头也不回地往前走，不能回头，否则会哭，哭会影响情绪和嗓音。从现在开始，她必须不再记挂他，她必须不停地往前走，她必须把所有都抛在身后，以换作心无挂碍，空空荡荡。她会考得很好，为她自己。

周衡心中一沉，她，不要他了？她竟拒了他，将他撇开，但最令周衡迷茫的是她最后对他的一笑，既熟悉又陌生。

他想起来了，熟悉是因为她对别人都是这么笑，陌生是因为她从不对自己这么笑。她对自己的笑是娇俏的，有甜的味道，让他也想跟着她笑，可今天，她把对别人的笑给了他，她看自己时，眼中再无光芒，他是别人了。

当然可以去问周望他俩一会儿约在哪里吃饭，他就此赶过去等着，如往常一样，他才是她的主角，但周衡却往后一退，怵了。他以前对莫沫敢做任何事敢说任何话，是因为知道她爱他，无论怎样，她都会站在他这一边，而他也终于知道了，曾经所有的敢，都是因为有爱撑腰，现在不敢了，是因为不知道那爱是否还在。

后来的几天，周衡过得浑浑噩噩，白日像黑夜，黑夜却不得安宁。他甚至没有去问周望，探听莫沫考得如何，他也知道，莫沫是再也不会告诉他关于自己的任何事了，

他甚至一连十天，也说不出十句话来。

她对他关上了门，他想走上前去推开，却发现自己一点力气也没有了。

他以为自己那么爱她，而她却不爱他了。

* * * *

当莫沫得知自己成功考上音乐学院之后，便觉得整个人都重新启动了，像沉睡很久后醒过来，面目如旧，神情如新。

她光芒四射了，好多人来找她玩，以前的同学和新认识的朋友。她整个假期都在疯，甚至都不记得是否告诉过周衡自己考过了。周衡说要见面，她总忙："明天出去旅游""跟同学约了饭局""唔，刚唱了一个通宵，太累了，要睡一天""学校里见好了，反正我快去报到了，你还没走"——忙的感觉真好。

她已经分不清是赌着气，还是真的行程太满，她像是要飞起来，生活如旋转木马，眼前的人和物，成了一片片颜色。关于爱情，她都没空去想，她整天都在笑，欢快的时候，哪有空去想爱情，她顾不过来了。

莫沫再次踏入音乐学院的校门时，是来报到的，她是一个新生。

特意买了一双新鞋子，用来走在新路上，粉色的，小羊皮面，平跟，软软的很舒服。

一瞬间，认识了好多新同学，都美，都灵，连常来的校园都越看越亲切，她反客为主了。

莫沫突然觉得自己有了新生命，自己好像一棵树，根牢牢抓住泥土，枝使劲向上生长，她将来一定会枝繁叶茂。这感觉真好，她早该努力来这里。

接着是军训，穿着肥肥大大的军装，皮带还是太松，多打几个孔才合身。腰细细的，脸是明亮的，三五个要好的同学合影，扮着各种姿势表情，热情充沛，莫沫觉得这生活太美好，比以往的日子都要好，她脱胎换骨了。

训练完，约上新同学出去吃饭，边上一个漂亮得像洋娃娃一样的妹子挽着她，叫她莫沫姐，甜甜的。她俩跟管弦系的几个家伙一路说笑往外走，那几个小男生也是帅，统统一米八五往上，身边的小甜妹已经挪不开眼。

不过其中一个却总喜欢缠着莫沫，问东问西，他什么意思，她会不知道？她只是心中暗笑“小屁孩”，在这些同学中，她年纪最大。

快走到校门口时，她看到了他。

那个少年，穿着白色T恤，站在树荫下等她。她一时间恍惚了，是多久以前的事了？以前她总是来这里找他，而现在，换作他来这里找她了。

莫沫心中有一块地方突然一阵悸动，她以为他离自己很远，却其实只几步路就走近了。

“好久不见。”周衡对莫沫说。

“好久不见。”她对他点点头。

“一起去吃个饭？”他小心翼翼。

“好。”择日不如撞日。

一路上，谁也没碰谁，周衡想拉她的手，迟疑了一下，莫沫便将手揣到口袋里，他总不能将她的手拽出来。他和她之间，客客气气。

“觉得这里好吗？”他问。

“好得不得了！”

“喜欢这里？”

“太喜欢了！”

莫沫张扬着，生了得意之心。自从她真的成为音乐学院的学生，她就觉得他或余音子曾经那样对她不过是嫌弃她，但现在，她能和他们平起平坐，这一想，便趾高气扬了。

她走到他前面，面对着他，倒退着往前走，抻着军训服：“你看，这身衣服是不是太丑了？”

“嗯，这衣服还是那么丑。”他笑着。

“跟你们以前穿过的一样？”

“对，我穿着也丑。”

“我没见你穿过，有照片吗？”

“有，以后给你看。”他看着她，她自己都不知道，穿着这么丑的衣服还这么好看。

不能走太远，便在学校附近的小馆子里吃，一人一盘冷面。

“本来说过请你吃顿好的，庆祝一下。”周衡有些歉意，现在没时间了。

“唔，无所谓，以后吧。”她近来对他说得最多的就是“以后吧”。

以后怎样，她要他知道，她漠不关心。

“加点辣酱？”他问她。

她点点头，开始说学校的新鲜事。他都忘记吃面，只想多看看她，看她眉飞色舞，看她光彩照人，看她好像已经忘记了他。他还算是她的男朋友吗？

周衡嘴中有些涩："莫沫……我走的时候，你来送我吗？我要走了。"

莫沫的眼神呆了一下，接着道："来，当然来，你走之前发短信给我，学校里事太多，我怕忘记。"她遮掩着，赶紧将碗中的辣酱拌开。

原来，她已经忘记他要走了。周衡笑笑，这样也好，他宁可她这样，忘记烦恼，没有牵挂。

莫沫再也说不出什么话来，她只听到心中叹了一声，这次真的是轻舟已过……

她低头吃着面，眼睛微微抬着，偷偷看着他。他穿着自己也有的那件白T恤，人也瘦了，见着他也紧盯着自己，就一不留意吞了一口辣酱。她猛咳，眼睛顿时红红的："纸，纸……"

周衡塞给她面巾纸，她捂住眼，泪流得满面都是，她急着解释，这辣酱真是辣死人。

一张不够，再扯一张。她听他开始说，学校附近哪家小馆子好吃，什么地方会有打折的书，从哪个门往哪里走能走近道、到地铁口是最近的。然后他开始说学校里的事，他终归比她多待了三年，知道得多，那些琐琐碎碎的小事，他也不嫌烦，再继续叮嘱："有事多问问戴锦程，他是你们系的，会多照顾你……"

"喂，吃面呀，面都冷了！"她听不下去，再听，她的眼泪会流个没完没了。

他说："冷面本来就是冷的啊。"

她笑了，笑个不停："这笑话我要讲给同学听，太好笑了。"

“走之前，我想去次杭州，你跟我一起去吗？”他问她。

“去杭州干吗？”

“还愿，灵隐真灵，你看，一起许双倍的愿，就实现了。”他说。

莫沫仍擦着眼睛，摇摇头：“我不去了，没有时间，而且那时我没有许和你一样的愿。”

他一愣，又道：“灵隐真灵，我一个人许的愿，也这么灵验，那我一个人去好了。莫沫，你许的愿要是实现了，也记得去还愿。”

他没有问她许的什么愿，因为在他那里，许的愿说出来就不灵了。

但莫沫知道，她永远也不必去还愿了。

他的话多了起来：“我本来想，你考上了，咱俩真的去外滩吃牛排。”

“太贵了。”

“吃完再吃一个月的泡面就行了。”他笑了。

“可是，咱俩好像都没时间，等我毕业吧。”

“好，你毕业了以后我请你吃。”

毕业，是四年后的事了。莫沫心想，任何诺言都会烟飘云散，也许他会回来，也许他不回来了，也许他会有了新的女朋友，也许会和余音子在一起，反正，不管是现在还是四年后，他不再爱自己了。

“那你记住了，毕业了要告诉我。”他又说一遍。

“唔，好。还有牛排呢，当然不会忘记告诉你。”她应付着，谁会记得四年前说过的话，所以管它呢，随便说说，便随便答应。

就这样了吗？只能这样了。

莫沫便起身，说要走，晚上班级还有活动。莫沫没有看到周衡眼中的依依不舍，她低着头，看路，看花，不看他，他也只好收了目光。

到了校门口，他想最后有一个拥抱，就算是普通朋友的那种拥抱也好，她却说了声“再见”，便头也不回地往里走，逃似的。他只好叫住她：“莫沫——”

她回过头来：“什么事？”

他说：“记得来送我。”

她面对着他，两手揣在口袋里，后退着往前走。她看着他，穿着白色T恤背着双肩包，站在树下，而她穿着丑丑的衣服，对他点头：“好，我一定会来。”

她便一回头，马上就要不见了。

周衡追上几步，又叫了她一声。她停下脚步，回过头来看着他，他却一下子不知道说些什么。见她又笑着冲自己挥挥手要转身往前走去，他只得抢着时间，大声对她说：“你要好好的。”

莫沫鼻头一酸，但忍住了。有些难过，但这难过，大概只是因为他要走了，毕竟她曾经那么爱过他，是从哪一天开始的？她不记得了，她只记得，她赌着一口气，她要他看到她会非常好，在他不爱她了以后。

现在，他又来找她，她要他知道，已经晚了，已经过去了，莫沫已经不是那个莫沫了。

应该好好地扬眉吐气，却怎么那么地失落，像是丢了什么东西。他到底怎么想，莫沫已经没有兴趣知道了，因为，这个人和这些事，全部都过去了。

“所以我当然会好好的。”

小甜妹在前面向她招手：“莫沫姐——”

“来了！”她回应着。

她来了，旧的校园，新的世界。别回头，回头会哭，看前面，前面有那么多让人笑的。莫沫甩甩头，全部都忘记吧，一笔勾销，重新做人。

* * * *

终于正经开学，正经上课了。莫沫想考进来的本意是为了和周衡相伴，却不料在没有周衡的校园，自己倒是破茧重生了。所有的课都喜欢，所有的社团活动也都喜欢，学生会、联谊会，各路人马齐登场，功课好人又美，便交了好些朋友，这样的情形这辈子都没想到过，再没人说她笨了。

谁，谁会说她笨？

和周盼打电话，听闻她已经怀了宝宝，便吵着要当干妈。周盼道：“你不如直接当舅妈。”

像掌心扎了根刺，赶紧拔出来：“唉，这是说不准的事，我和周衡……”算是分手了？不，她记得答应过他，永远不说“分手”二字，于是转了话题，“他要走了，我会去送他。”

她却想把这件事忘掉，以为不去想的事，就好像从来不会来临。

莫沫一头扎入功课中，她竟成了好好学生，还进了学生会。

直到有一天，她收到一条短信，上面有一串航班号和起飞时间，还有一句话：“我明天一早走，浦东机场。”

莫沫翻开记事本看行程，上午两节课，下午社团活动，晚上还有课，之后约了同学吃夜宵。她把“送”写到了这一页的第一行，明天真是忙。

要早起，得早睡，莫沫定好闹钟，5 点半。

无思无念的，倒头便睡。不知睡了多久，猛地惊醒，睡过头了？窗外，夜仍深，摸到闹钟，才 3 点半，缓口气，还可以再睡两小时。睡吧，今夜无风无雷无雨，应是睡意浓。

却再也睡不着，辗转反侧。

再过 3 小时，她会在机场见到他，再过 4 小时，她就要真的和他再见了。再见面，也许是很多年以后的事，或许就见不着了。

她却没有感觉，像根木头。她突然发现自己想不起来周衡长什么样子了，她开始使劲想，先是想起他的眉眼，再想到鼻子和唇时，眉眼又忘记了，好像有种力道，阻止她把周衡的五官拼在一起。

她一直往回想，想到那一天，风轻花静，弹着钢琴的少年停了下来，回过头来看着她。莫沫只觉得心头一震，她应该记得他的面庞，怎么却模糊成一片，她看不清他了。

她失忆了，她想不起来一切关于她和他的事。

一身冷汗，她和他是怎么了，他俩是怎么爱上的，又是怎么变成今天这样子？很突然，又很自然，忽地爱上，忽地分开，这大概就是初恋。听很多人说，初恋都是会死掉的，也许他们说对了。

莫沫平躺着。可惜吗？好可惜，但是没办法，已经过去了，他不爱她了，而她也不爱他了，账已结清，两不相欠。从今往后，她莫沫再也不会回头，她会得到很多很多的爱，只要她愿意，爱情是件多简单的事。

做个没心没肺的人吧，别哭，也别难过，想一想明天晚上要和同学到哪里去玩，想一想那个总缠着她的管弦系小男生，他有双漂亮的眼睛……几点了？还有一个小时。

再睡一会儿……再也睡不着，莫沫起身翻衣柜。贴身一件白色T恤，天凉了，再披件外套，这件吧，一起买的黑色机车夹克，估计今天是最后一次穿了。白色和黑色，是琴键的颜色，也是相遇和离别的颜色。

太素淡了，便将唇涂红，大红，像烈焰，看着镜中的自己，这一身，熟悉又陌生。

她用手指将下唇的红色抹去，指尖贴着脖颈一划，一道红，就好像那一天，她留在他脖间的红唇印。她看着镜中人在笑自己像个神经病。

心已经上路，那就早些出门。莫沫一路在想，一会儿见着他说些什么。“我会等你”这话就算了，若真心等，说与不说都会等。“我会想你”这话也算了，想念，大概是最虚无缥缈的事了。那说些什么？最后会不会拥抱一下，就像在初恋的坟前鞠个躬？她被自己逗乐了，坟……

死了，当然有个坟，星星的坟埋在夜空，初恋的坟埋在哪里？

她开始设想那个拥抱，她会搂住他，在他怀中深深呼吸，她会将他的气息封存在记忆中，之后，便各走各的路，各有各的明天。

莫沫又想：“他会不会吻我？不不，吻，已经不属于我们了，但是他若吻我怎么办？”记忆，好像一点点地恢复，他的脸，越来越清晰，莫沫闭上眼，不许自己再想下去。

进了机场，往他所等的地方走去，越走越慢，近情情怯了。承认吧，怎能对他没感情？莫沫每往前走一步，心中的铠甲便掉一片，连着皮一起掉，疼，却有种真实的轻松。“好吧，他若吻了我，我便怎么也不放开他了。我会告诉他，这些日子不理你，只是任性赌气，然后我会对他说‘我等你’。”

“是的，我要告诉你，一切都是我假装的。我假装很坚强，我假装很快乐，我假装不理你，我假装不把你放在心上，我假装不再爱你……”莫沫停下脚步，她的眼睛有些酸，已然分不清，她这一刻心中所想，是真的还是假的？

她还爱他吗？她摇摇头，是不爱了还是不知道，她想也不敢想。

离他的候机位越来越近，直近到隐约能看到他，那个高高瘦瘦的少年，好像也穿着一身黑。她却停了下来，刚才那几步的勇气一下子就消失了，见着真人，才知道什么叫作物是人非，她更加乱了、怯了。

隐约地，一个红色的身影出现在他身边，那身形应该是余音子。莫沫侧身躲在电子屏后面，不远不近，听不到，但看得到。只见她对他说了些什么，而他也对她说了些什么，然后余音子捂住脸好像哭了，她又哭着说着话，突然她抱住了他，他由着她抱紧，轻轻拍着她的肩。

莫沫转过头来，背对着他们，靠在电子屏边，瞬间，像被浇了一头的冰水，浑身上下都是冰凉的。她满面都是泪，说好不哭、不难过，自己怎么这么没出息？不闻不见才是最好的告别方式，她干吗要来这里，干吗要来送他？她早已不是他的什么人了，所有的、全部的都早已结束，她真的是笨得不得了。

最终，得偿所愿的是余音子，这世界根本没有童话，只有现实。

太可笑了，自己居然还幻想着能够得到他的一个拥抱一个吻，莫沫哭着笑了出来。

赶紧将泪抹去，头也不回匆匆离去。她不会看到，当她离开第一步的时候，那个穿红裙的少女推开少年，也转身朝另一个方向离去。

莫沫架上墨镜，旁人看到的只是一个酷酷的女生，穿着黑色机车夹克，走起路带着一阵风，而镜片后，她知自己早已溃不成军。手指掠过乱发，碰到脖子间那根项链，她的手开始发抖，再摸至锁骨，扯开锁头搭扣，将项链拉了下来，路过垃圾桶便扔了进去。她要扔掉，统统扔掉。

她要把关于他的所有一切的记忆，全部塞进一个箱子里，沉下去，沉到心中几万米深处，这一辈子再也不要开启，而她，又是好端端的一个人，一如她没认识他的时候，无忧无虑。她要忘了他，若是心里有坟，就将他埋藏吧——人生若只如初见，不如不见。

出发大厅中，总有人哭着离去，比如那个穿着黑色机车夹克的少女，她知道或者不知道，身后的每一步都在远离曾经的过往，再也追不回来。

出发大厅中，总有人真正地离去，比如那个穿着黑色机车夹克的高个子少年，他一直在等一个人，他不知道会不会有一个最后的拥抱，或是最后的一个吻。

* * * *

往回走时，路过理发店，莫沫进去，把头发洗了，湿漉漉的滴着水坐在镜前。她看着自己，想到曾经某一年在这里把头发全数剃光，她钱包里还有那张照片，那大头贴中两个人，抱着花笑得不知天高地厚。她觉得照片上的自己笑得好蠢，她想撕下来，胶却粘得很紧，她开始抠，抠得一块块碎了，人不见人，花不见花。

理发师过来问她要剪什么发型，她仍在抠着那张大头贴，使劲抠着。

店里放着音乐，是那首《祝福》。

“伤离别……说再见……若有缘……”

没有缘了！

她的嗓子开始哑了，话音中有哭声：“随便，你想剪什么样就什么样，只要把我的头发剪掉。”

她听着理发师道：“现在很流行BOBO头，我给你剪这个发型好不好？”

好好好。她眼前浮起一层水雾，看不清镜中的自己，只知道自己的长发被剪去，这样就好，统统剪去。

那歌中唱道：“朋友，我永远祝福你……”

好吧，那就祝福吧，祝福你花好月圆，祝福我前程似锦。

离开理发店，天空正晴，阳光正艳，莫沫仰着头，脸上被晒得暖暖的，她闭上了眼，整个世界都暗了。

第十幕

她突然明白了，她和周衡，终究没能见上最后一面，她欠他的最后一面。

有那么一段时间，莫沫以为自己得了厌食症，她吃不下东西了。

五天只吃了三顿饭，闻到鱼肉香，也毫无知觉，不出一个月，就瘦得轻飘飘了。人人都以为她在减肥，全都来恭喜她减得太成功，她却笑得勉强，她很想吃，却吃不进去。

周望来看她，拖她出去吃饭，点了一桌子菜，自言自语："我可是读高三的，必须得大补。"

莫沫无声无息的，她仿佛连说话的欲望都失去了。

周望倒是直接问她："我哥走的那天，你为什么没来？"

莫沫道："那天我上午有课，把这事给忘记了。"

她不想让任何人知道她那天去了，她也不想多打听关于周衡的任何消息。

所谓往事，一笔勾销最好。

莫沫把话题转开，问周望：“你最近好吗？功课忙得过来？”

周望摇摇头：“不好，我有心事。”

莫沫忍不住追问：“你倒是说说看，你怎么一直有心事？”

“我喜欢一个女孩，”周望看着莫沫，见莫沫眉头一皱，马上补了一句，“是我们班的同学。”

莫沫笑了：“好看吗？聪明吗？她喜欢你吗？”

“好看，聪明，但可能不喜欢我。”

“你怎么知道她不喜欢你？”

“我觉得她心里有别人。”

“你问过她？”

“没有，但是她若是真的心里有别人，我怎么办？”周望小心地抬眼看着莫沫。

“那就放弃呗，”莫沫轻松道来，“你还小呢。”

停了一会儿，周望问她：“莫沫姐，以前我们说好的，有心事了可以互相告诉，你能告诉我，你有什么心事吗？”

莫沫记得以前她陪周望在游乐场玩时说过这样的话，她还记得这家伙说“心事是要放在心里的”。想到这儿，她猛地意识到，她是真的有心事，她竟然还把那个人那件事放在心头上压着，她虽然瘦了轻了，却仍觉得沉甸甸，日子过得一点滋味都没有，而他却杳无音信了。

周望见她不语，便帮她盛了一碗酒酿小圆子，热腾腾飘着桂花香，香甜沁脾。莫沫如醍醐灌顶一般醒了过来，道：“我才没有心事，有心事容易老。”

她开始吃，大吃，她终于觉得饿了。她能劝别人放弃，为何不劝自己放弃？

身上暖了，连眼睛也亮了起来，来了精神继续说先前的事，劝着周望："我跟你讲，这天底下好姑娘多着呢，你以后肯定能碰到更好的。"

所以，这天底下好男人也多着呢。

"可是，"周望却低下了头，"我喜欢的只有一个。"

莫沫仿佛没有听到这句话，她只顾着吃了。

* * * *

过了年，长一岁，莫沫家中各色亲戚开始热闹张罗给她相亲的事，既然前一个分了手，总得继续找下一个。她却眼界高得很，嫌这个有些胖，嫌那个有些矮，又嫌另一个完全不懂音乐。莫沫妈妈说她太任性，找男朋友总不能按照前一个的标准来找。

莫沫顶回去，才没有，她早就忘记了他，她只觉得自己的男朋友应该是又高又瘦又懂些音乐的，最好年纪比自己大个两三岁，当然要帅。

和妈妈吵完架，赶去电脑前打开视频，约了周盼聊天。总算有件开心的事，周盼生了个女儿。

莫沫见着电脑屏中一团粉嫩的小宝宝，激动得直想哭，还是周盼幸运，如愿以偿。

周盼道："你看，有网络多方便，我这样看着你，就像面对面。你看你又漂亮了，我却肥了。对了，你跟我哥也经常视频聊天吧？"

周盼居然什么也不知道。

“你跟你哥联系多吗？”莫沫问。

“别提了，他现在都不理我，我给他发 E-mail 他都不回，气死我，你要帮我骂他！”

她絮絮叨叨，从尿片讲到搬家，又说到度假：“我圣诞节想去欧洲玩，找我哥去，莫沫要不你也来？快去办签证，我们一起在欧洲会合好不好！”

周盼和以前一样，一讲到兴奋之处就抑制不住，简直要从电脑那边伸过来。

莫沫抿着嘴，起了个头：“我和你哥……”便说不下去了。

“你跟我哥怎么了？”周盼瞪大眼，“又吵架了？”

这时传来宝宝哭声，莫沫心想多一事不如少一事，让她知道也没有任何意义了，便道：“没什么，我跟他没什么。”

周盼听到没什么便放下心来，匆匆关了视频去哄孩子，莫沫回想着刚才自己说过的话“我跟他没什么”，也没说错，没什么了也算是什么也没了。她原本是想告诉周盼“我跟你哥已经分手了”，这话却如何也说不完整，大概是曾经答应过他的，永远不说“分手”二字，答应了便成了咒，自己嘴中真的就无法说出来这两个字了。

莫沫呆坐在电脑前，一种落寞的情绪弥漫开来。她想，不如还是找一个新的男朋友吧，用一个新人，去掩盖一段旧的日子，容易得多。

所以，下一个来向她表白的人，她就答应他。

想得容易做起来难，下一个来的人是她的同班同学。她认识他许久，从未有过任何非分之想，没有非分之想如何做男女朋友？她只好拒了他，而且必须是婉拒。她对他说：“谢谢你喜欢我，但是我有男朋友，我男朋友在德国读书。”

她拿旧人当了挡箭牌。

于是渐渐大家都知道她有男朋友在德国读书，她的日子渐渐就冷清了起来。

莫沫开始拼命读书，只有功课不会假，她爱上了学习，成绩傲人，专业名列前茅，学期末居然拿了奖学金。现在的她，不是在上课，就是在排练，她爱的除了自己，就是音乐。

* * * *

眨眼间，周望考完大学了，这家伙倒是最讲义气，说到做到，不离开上海，他考到了复旦。

他对莫沫说：“还记得你和我姐毕业时咱们玩通宵吗？我说等我毕业时也陪我这样玩，可是上海只有你了，你陪我玩好不好？”

莫沫笑道：“谁答应过你？我忙死了，最近没空。”

又过一阵，周望急着来找她：“听说开学后会有迎新舞会，我一点也不会跳的话，都没办法邀请女生。”

“以前你姐没教过你？”

“她怎么会理睬我？莫沫姐，我全靠你了。”

这次答应了，便找个周末下午去他家。周盼的卧室还是老样子，对面的琴房也是老样子，只不过钢琴是合上的，窗台上的花没了，空荡荡。

“我记得这里一直放着一盆花。”莫沫道。

“死了，我忘记给它浇水了。”周望边说着边拖过来一个音响，可以连着手机放音乐，他对莫沫说，“对了，我换了新号，你加我一下。”

房间有些暗，莫沫挨着窗户借着外面的光线找到通讯录中Z字条……周……覆盖就行，她将周望读出的号码覆盖掉曾经的号码。

接下来，她拉他到屋中央，房间里乐曲悠扬，他俩面对面站好，莫沫说：“你好像又长高了！”

“是呀，我快赶上我哥了。”

一下子，静默了，周望尴尬无比：“对不起……”他好像知道了什么。

莫沫笑了：“没关系，又没什么。”

她拉着他的手，放在自己腰间，开始教他。从未跳过的人，总是笨笨的，周望像只熊似的踩着步子，直踩到莫沫脚上去，一紧张，另一只脚也错了，跳了半支曲，整个人还是僵着的。

“要放松，周望，你离我太远，你看咱俩之间能再塞进来一个人，靠我近一些。”

周望便上前一步，又迈大了，差点贴在莫沫身上，他的脸红红的，低着头都不敢看莫沫。

“地上有金子？把头抬起来，来，看着我，说说，你是不是又喜欢上别的女生了？”

“嗯……嗯。”周望羞答答的。

“真的？漂亮吗？是你同学？”

“漂亮……不是……莫沫姐，我要是告诉你真话，你会骂我吗？”

“我干吗骂你？你都要谈恋爱了，我开心还来不及呢，以后带出来一起玩。”

周望停住脚步，手仍靠在莫沫的腰上，他认认真真看着她：“你还记得以前我说过我有心事，我这心事放在心里整整高中三年，现在我终于完成了我对自己的要求，我可以说出来了——我喜欢的，一直是莫沫你啊。”他这话说得极慢，说完眉头都松了下来，像卸下一个重重的包袱。

莫沫吓一跳，便想像平常一样说他“你开什么玩笑”，周望总是开玩笑，这玩笑开了多少年，小孩子的喜欢，只不过是喜欢而已，但这话还没来得及说出来，她便被周望的神情迷惑了。

屋中没有开灯，夕阳透进来昏黄的光，周望的眉眼和神情竟是那么地熟悉，就算是堂兄弟，他俩也长得太像了。大概是因为她有段时间没见着周望了，也有段时间没见着他了，乍一看，他就像他一样，站在自己面前。

周望见莫沫什么也没说，只是看着他，便生出勇气来：“我一直对自己有个要求，考上大学后再跟你表白，因为那时候，你就不会当我是小孩了。还有，我爸妈一定要我出国，我就和他们谈判，只要我考上复旦或是交大了，我就不出国了，他们拿我也没办法……”

“噢，还有，”周望开始语无伦次，只想着赶紧把所有的真心掏出来给莫沫看，“我不是一直这么想的，因为你以前跟我哥好的时候，我就想什么也不做了，默默地祝福你俩，但是后来，你跟我哥……对不起……我是这么想的，我一定要留在上海，陪着你，要是你愿意的话。”

不知何时，周望双手拉紧莫沫的手，紧张到手心汗津津。

他曾经，也喜欢这样，双手拉着她的双手。

不对，他是周望。莫沫甩开他的手。“你开什么玩笑啊！”她对他说。

“莫沫，你们从来都以为我在开玩笑，但其实我一直在讲真话，”他靠近她，“你以前以为我说我留在上海考大学是开玩笑，你看，我做到了，我真的留在上海了。”

他一把将她抱住：“我真的留在上海，陪你了。”

莫沫应该将他推开，告诉他，她是他姐姐，不可以乱来，可是她却什么也没有做，只由着他抱着自己。

她竟贪恋一个长得像他的人的怀抱，甚至连气息和声音都那么地像，这么像真的，若是真的该有多好。他捧着她的脸，开始吻她的脸颊，她曾经想过，若是他能给她最后一个吻，她就再也不离开他。

她听到他在耳边对自己说：“为了你，我留在上海了，你看，我来陪你了……”这话真是动听，她曾经真的希望他为了她不走了，可是做到的竟是周望。

是周望，不是他！

莫沫使劲推开周望，他的唇擦过她的唇。

“周望，不可以，我是你姐姐！”

“你是不是还爱着他？”周望竟揭了她的伤疤。

一阵猛痛，她高着声音：“当然不爱了！”

“那你能不能来爱我？我可以一直等，等你爱上我。”他终究还是个孩子，趴在钢琴上哭了起来。

她稳住心神，轻声道：“你别等我，我不可以来爱你，你跟他长得太像了，我会弄混的。我虽然不爱他了，但是我会想到他，你觉得我要是和你在一起，看着你却想到他，这样，你觉得公平吗？”

他是周盼的弟弟，她不能让他太伤心。

“我真的和他很像吗？”他抬起脸来。

莫沫只得点头。

“那你就把我当作是他，来爱我好不好？”周望竟在求她，可怜兮兮。

莫沫一惊，退了一步。

爱情真要命，能让人变得这么傻。她说她要走了，外面已是乌云密布。

“真的不行吗？”他拉住她，连站起来的力气都没有。他要她爱他，宁可做另一个人的替身，这样还不行吗？

但莫沫明白，那不是真，只是一时的痴。

她对他说：“你应该在你们学校，找一个跟你一样年纪的姑娘，喜欢上她，爱上她，然后你会发现，你从来没有爱上过我……好好睡一觉，明天就什么事都没有了。”

他垂着头：“不会的，我再也不会这样爱一个人了。”

莫沫又好气又好笑：“你才多大，就说这话，等以后你结婚了，我要讲出来嘲笑你。”

周望有些气，别过头去：“第一个喜欢的人，当然和以后喜欢的人不一样。”

“喜欢就是喜欢，哪里会不一样？”

“第一次喜欢一个人，会用尽全身的力气，喜欢到都不知道怎么去喜欢了，以后，就不会了。”

莫沫看着他的侧影，鼻子也是高挺着，眉头有些皱，她差点想伸手去抚平，然而，只得赶紧将包拿起来："我走了，外面要下雨了。"

他终归不是他。

一路上，雨点慌不择路从云中坠落到地面，莫沫钻入地铁，十几站过后，再出来，已经是满路面都是水了。一脚深一脚浅，到了家中，如同落汤鸡。刚擦干，雷声如期而至，真是要命，家中又没人，她尖叫着钻到被窝中，瑟瑟发抖。

无法控制想象力，她又觉得外面是一群妖魔鬼怪，而被窝是山洞，她只得举着火把——她摁亮手机。

又一声雷！

她被吓得哭起来，她想他了。

这么久以来，她第一次彻彻底底想到他，那记忆从心中几万米深处缓缓往上浮。只有他，才会在这么这么大的雷雨天跑来找她，只因为她怕雷；也只有她，才会冲进这么大的雨中去找他。两个人这辈子从来没有那么湿过那么冷过，却像傻瓜一样觉得那么幸福。

雷还在响，莫沫摸索着坐在地板上，背靠着门板。那天，他也是这样陪着她，挠她痒痒，同她说笑，说什么"孤男寡女没有床"。她想到这儿，就笑了出来。后来，他吻住了她……

就在刚才，他还抱着她……

莫沫陷入一团错乱的记忆中。她以为她在他的怀中，听到他说他留下来了，在上海陪着她，她抬眼看着他的脸，她想摸摸他，一摸，却变成了周望；再转眼，又到了机场，她和他离得太远了，她想走过去，却怎么也走不动，她被钉在那里了，只能看到他的身影，却看不见他的脸……

她总是想回忆，在脑海中想想他的模样也好，但她再也想不起来他长什么样子了。

她突然明白了，她和周衡，终究没能见上最后一面，她欠他的最后一面。

她放纵地想他，拼命地想他。雷声越来越大，她心中越来越怕，翻开手机，翻到周衡的电话，还能打他的电话吗？他人在国外。

不管这些了，她手抖着，拨了出去。居然没有停机，她等着，心跳得越来越快，直听到一声“喂——”，是他的声音。

莫沫一时间屏住呼吸，她在这一秒中看到了她与他曾经所有的一切，记忆中那些争执都微小如尘埃，而记得最清晰的是他曾对她说过她是他喜欢的第一个人……她大哭，那时，她怎么舍得不去见他最后一面，怎么舍得不好好和他说一声再见？还好现在，她终能找回他，她唤着她许久没有说过的名字：“周衡，周衡哥哥，我……我好怕，现在外面打着雷……”

她只想听他说一声：“我陪你说说话，就不怕了，乖……”但是那边没有任何声音。

她泣不成声：“你陪着我好不好？我想你了。”莫沫只觉得周衡就在电话那一头，很近很近，仿佛连呼吸声都听得到。她好像陷入了迷境，但是只要和周衡在一起，永远困在这个时空中又有什么关系，她一切都顾不得了。

“我想告诉你，我还爱你，我一直一直都爱你……你，还爱我吗？周衡哥哥，我爱你呀……”莫沫哭到快要力竭，只有一个念头，余下的力气全部都要用来告诉他“我爱你”。

那边静默了很久，莫沫仍呜咽着：“周衡哥哥，你在吗？你听到我说话了吗？”

那边说话了：“莫沫姐，我是周望啊。”

怎么回事？莫沫收住哭声。

“这是我的新手机号，”周望的声音很平静，仿佛刚才没有听到莫沫呼唤的到底是谁，“你还怕吗，我来陪你好不好？”

“对不起，我打错了，周望，我没事了。”莫沫终于回到现实中。窗外风雨渐小，雷声渐远，她清醒过来，什么都会远去的，像刚才的雷声，之前的声音再如何暴响，也终会渐渐消失。

“你别怪我好吗？”她对他说。

“我永远都不会怪你。”

挂了机，将手机号码看个仔细，她真是糊涂，应该是刚才将周望的新号码错覆盖到周衡的号码上了，而她是从不背手机号码的，这回是真的不知道周衡的手机号是多少了，她完全失去了他。

就算知道他的电话，她也不会再打过去。当她用尽力气说完所有的“我爱你”之后，她就觉得她把这辈子的“我爱你”都说完了，整个人被抽空。她好像应了周望说的话，第一次喜欢一个人，那种喜欢，不会再有了。

一切已过万重山。

第二天，天蓝得不像话，昨天好像什么也没有发生过，莫沫浑身乏力赖在床上，接到Joey的电话，约她去音乐节玩。

想了一会儿，马上答应，这是她自己的日子，她应该快活地过下去。

又能没心没肺地笑了，时间是最好的膏药，有伤就贴，久了，揭下来，兴许有疤痕，但又是一块好皮肤。

莫沫和Joey手拉着手在草地上听着音乐，欢闹着。他趁机吻她的脸，说她真美，她仰头笑着，笑得神气活现。她今天穿着莓红的裙子，花一般，足够美。

Joey太可爱，金发碧眼，他真好，他不会让她回想起任何人，他是一个新鲜人。

她觉得自己会喜欢他，因为他令她有了新的生活。以前的总归是尘归尘，土归土，她半点影子也不要再想起来，已经沉在心中几万米之下的记忆，还是继续沉下去吧，一直沉到她再也碰触不到的深处。

* * * *

这一年好像还没有过完，周望却要走了，他决定转去美国读大学。

她答应去机场送他，他却揶揄她，不准像上次一样，说来，却不来。

他不会告诉她，那天雷雨夜，他一夜未睡，那个打错的电话把他心中的奢望全数浇灭。他本来已想好，她仍是不接受的话，就随便她，死皮赖脸地能陪在她身边也好，可是现在，真的不行了，他没有半点机会。

莫沫曾经劝他放弃，他便听她最后一次话。

周望又恢复成了老样子，嬉皮笑脸的：“你看，男人都是不守信用的，本来说好要留在上海陪你，但我还是走了，你别怪我。”

“你不来烦我，我就很开心了。”莫沫和他，一如往常。

“莫沫姐，告诉你件事，答应我别打我。”他从包里翻出一个盒子来，她打开来，是个首饰盒。

“其实，我哥给我的时候，是能发声音的。”他解释道。

原来是个八音盒，是周衡上飞机前交给周望，让他带给莫沫的，一个离别礼物而已。

“但是后来我没拿稳，摔了一下，声音就发不出来了。我想拿去修好再给你，结果高三功课太忙，我给忘记了。这两天打包，收拾房间才看到。”他低着头，好像有些心虚。

“没什么，坏了就坏了，还可以装东西。”她原谅他，因为这一切都无所谓了。

“莫沫姐，你是我的初恋，我要把我的初吻献给你。”周望又蹭过来，撅着嘴，像个小孩。

“你开什么玩笑！”她笑着拍打他，将他踢开。

“那我开最后一个玩笑好不好？”他背起了包，时间差不多了。

他挺直身板，神色认真起来：“我一辈子都会记得，你是我第一个喜欢上的人。”

她也正正经经：“将来，你一定会遇到你最喜欢的人。”

周望道：“你怎么能保证，第一个喜欢的人，和最喜欢的人，不是同一个人呢？”

莫沫听了，竟有些发怔，不知如何回答。

周望转眼间又是嘻嘻笑的面孔：“我开玩笑呢，这回，我真走了……”

他真的走了，向她飞着吻走了，这下子，上海真的只有她一个人了。

* * * *

她去坐机场大巴回市区，正好一辆车快开了，急着奔了上去，见一个空位置就赶紧坐好，没坐稳，便听到边上一声“嗨，莫沫”。

这样也能碰到熟人。她转身看到了戴锦程，怎么每回都是他坐在她的身边，真是有缘分。

他是来送余音子。

“她也去德国了？”莫沫问他。

“不，她去美国。”

她有些奇怪，余音子毕生志愿就是跟定周衡，能让她在这件事上改变路线，莫沫一直认为是不可能的。而且，他不是愿意同她在一起了么，她亲眼所见，他拥她在怀。

“她为什么去美国，她不去找周衡了？”莫沫问他。真好，她已经能够很自如地说出这个名字，仅仅像在闲聊一个大家都认识的朋友。

戴锦程用奇异的眼神看着她：“你不知道？周衡在德国有了新的女朋友，一个台湾人，也是他们学校的，好像是学声乐的。”

见莫沫没有应答，又道：“对不起，我以为你知道。”

“没什么，”莫沫回过神来，“我们早就……早就不在一起了。”

她仍是没有办法说出“分手”二字，她答应过他。

而他却有了新的女朋友。

一闪而过的说不清道不明，很快便被笑容代替。真好，大家都往前走了，这回真是往事如烟随风而去，谁都像一面被擦干净的镜子，里面映着新的人和新的事。

Joey 向莫沫表白，莫沫便应了，他对她很好。

他见她爱宠物，便养了一只猫；他见她爱美食，便拿出大厨的架势；他知道她爱花，便天天送一束。他对她好到极致，愿意跪在她面前为她穿鞋，他当她是公主，天天奉上一百个“我爱你”。

莫沫想象不出，一个男人爱她能爱出这么多花样。妈妈却说，不准找外国人结婚。

莫沫笑了，只是谈场恋爱，谁会想到结婚？

不过当Joey 对她说他要回国的时候，莫沫还是伤了一下心。

“还爱我吗？”她问他。

他说：“我回国后，会一直在心里爱着你。”他好像很伤感，却也很坚定，坚定地要回去。

莫沫觉得这样很好，爱归爱，路归路，两不相误，谁也不欠谁。

她没送他，哭了一个小时后，化好妆约朋友吃饭看戏去。

后来，影影绰绰地来了走了几个人，好像起初都是甜蜜的，同一般模样地要好着，接下来总会莫名有了争执口角，谁也不服着谁，便散了。莫沫从不担心，她美，所以她不怕。

烦了，便把谈情说爱的精神移到美食上，哪里有最好吃的小笼、生煎、黄鱼面、日料、牛排、熔岩蛋糕、黑巧冰淇淋……，她统统吃过来。食物比男人可靠，吃，总是件令人快活的事，天凉一些，便各式火锅烧烤，相约三五个好友，气氛祥和。

迅速地，胖了十斤，但腰身还在，所以继续吃下去。

直到一次聚会中碰到戴锦程，他直言不讳：“好久不见，你胖了。”

莫沫大笑，约他去吃夜宵。

戴锦程问她将来做何打算，莫沫便说真没想到日子过得这么快，时光荏苒白驹过隙……莫沫毕业已有大半年，时不时接些演出，时不时和朋友聚会，吃喝玩乐皆尽兴。

戴锦程道：“有没有想过考研？”

莫沫指指自己：“我？我本科毕业就已经超出我人生预想，已经够好了，我还能考研？”

“为什么不能？你平常功课不错，试试？”他劝她，“逆水行舟，不进则退。”

“你觉得我能行？”

戴锦程说：“你要是不行，我就不会跟你说这些。”

莫沫觉得生活最美妙之外就是不可思议，她看着自己刚买的考研教材，感叹昨天只不过是个专科生，今天居然要准备考研了。

身边总会很自然地出现一些人，在不知不觉中成为生活的常客，比如戴锦程。他已经快硕士毕业，考研方面有经验，找哪些老师、如何补习，他成了莫沫的师父。

莫沫很听他的，他说她要少吃点她就少吃点，他说她得减肥她就不吃了，他说要多看书莫沫就将他提到过的书一一买全，他说她将来要更专业，她就开始收集各种音乐剧资料。她从考本科时就听他的，莫沫认为，听戴锦程的没错。

男人？美食？都不如书中的黄金屋重要。莫沫清心寡欲，将考本科时的劲头又拿了出来，全心全力扑在课本上。家中曾以为她会早婚，谁也未曾想到过她在学业上走得这么远，如此又不放心了。“读了研，会不会更难找男朋友？莫沫，不如你还是一心赶紧找个男人嫁掉。”

莫沫 26 岁时，考上了本校的研究生，也成为被家中越发操心婚嫁的大龄女青年。

* * * *

一定要好好感谢戴锦程，莫沫请他到极贵的馆子吃饭。

“现在，你是我的大师兄了。”莫沫敬他一杯酒。

窗外流水落叶，窗内珠帘檀香，灯是暗紫色的水晶，水晶下的莫沫娇俏媚惑。

戴锦程看得有些呆：“以后，叫我锦程就行。”

聊了些系里的事、同学的事、老师的事，便找不到话题，莫沫有些犯困，微微打了个哈欠。他坐在对面看着她，觉得她打个哈欠都迷人。

戴锦程道：“我能问个问题吗？你要是觉得我冒犯了，就不用回答。”

“你说。”她一只手撑着头，歪歪的，他以为她看着他的眼神如柔丝。

“我一直弄不清楚，你跟周衡为什么会分手，你俩当时那么好。”他曾希望他俩情如磐石，固不可分，时间久了，余音子自会死心，而一直守候在她身边的自己总会有机会。千算万算，谁知最后莫沫和周衡分了手，余音子也没有接受自己。

“我们从未说过分手，”莫沫纠正他，“我们只是不在一起了。”

“为什么呢？”

“他嫌我呗。”莫沫说得轻轻巧巧。

戴锦程笑得直摇头，莫沫却反问：“那你告诉我，为什么余音子不肯和你好？”

他戳她一刀，她也还回去。

他定定地看着莫沫：“她也嫌我呗。”

互相看着，同时笑起来，越笑越好笑。

两个被嫌弃的人举杯相碰。

迎着月光走在夜路上，莫沫问他怎么还单身一人，要不要自己出马介绍女同学给他，他反问她为何不找男朋友。

“我这不忙着考试呢。”

“现在考完，就可以找了。”

“那也要找得到，你以为好男人很多？”

“莫沫，你看看我，我算是好男人吗？”戴锦程不胜酒力，才喝几杯，脚步就乱了。

莫沫将他从马路上扶到人行道上，夸他是她碰到的最好的男人。

“莫沫，我做你男朋友好不好？”他终于说出他想了一晚上的话，成功或是失败，他都不怕。

莫沫心中似明镜，戴锦程和自己学历相当、专业相当、身高相当、家世相当，不丑不笨，看着也是关爱自己的，自己年纪也大了，为什么不呢？

莫沫和戴锦程在一起了，相敬如宾。

他是她的良师益友这身份，她一直没办法扭转过来，她从未想到会主动将手缠到他的臂弯中，自己的包仍是自己拿，甚至吃饭也记得他埋过一次单，下一次便由自己来埋单。而戴锦程也只是偶尔牵住她的手，有次借着夜色想凑近她，她却笑着躲闪了一下，就什么事也没有发生了。他与她，恋爱谈得慢吞吞，莫沫却觉得，细水长流，大概也是好的。

总得往前走一步，戴锦程想到那个陈年老梗，带女朋友看鬼片，她便会吓得缩到自己怀中吧。却没想到那鬼片音乐太骇人，听着心惊肉跳，而莫沫却坐在自己宿舍的床上看着他害怕的样子，笑得前仰后合。

“你不怕？”他问她。

“你难道怕了？太搞笑了，你看，这鬼明明是假的，”她笑道，“我是不是从来没告诉过你，我不怕鬼，我在鬼屋里还打过鬼呢，周衡说我是钟馗。”

她猛地收住声，她嘴中怎么滑出这个人的名字来。

那鬼片的音乐还在丝丝作响，戴锦程将电脑合上，屋内便静悄悄了，他没有说话，只是看着她，她也看着戴锦程，不知是从哪一秒开始，他紧紧地捧住她的脸亲了下去，舌尖启开她的唇，攻城略地一般。莫沫快要招架不住这重重的一个吻，她脑中晕晕乎乎，忘了前世忘了今生，只觉得他应该是爱她的吧，这样便好，总算有一个人真的来爱她了。

第十一幕

她和她，本都是一张白纸，被铺上各种颜色，爱、恨、欲、求，一层叠着一层，所有颜色叠到最后，就变成了黑色。

莫沫觉得自己和戴锦程的恋爱会长长久久，因为热情会燃烧殆尽，而理智却是恒温永存。她和他，是天造地设的一对，她不懂的，他都懂，她所学的，他也会，她和他的朋友圈重叠的越来越多。他当然对她很好，同进同出，甚至连架都不太吵，一旦莫沫的脾气开始往上走，他便躲开不理她，等她稳定了情绪，才过来说："莫沫，我们来谈谈……"

莫沫觉着，这是成熟的爱情，虽然很少有花和浪漫，也想不起来给惊喜，但只要日复一日年复一年地相伴，有没有那些，又有何妨？做人做事已太累，爱情就不要再累了。

或是，已经成长为感情，感情淡淡如温水，不冰不烫，有益健康。

莫沫更满意的是，他俩得到所有人的祝福。戴锦程家远在外地，他自己的事从来都是自己做主，而莫沫家人听说了对方的条件，就已经认定戴锦程了，觉得女儿嫁人有望，都皆大欢喜，都如了愿。

过年时，父母便要莫沫将戴锦程带到家里玩，见着了，越发喜欢。吃过饭后，家中又来了亲戚，大表哥带着小侄女，热热闹闹，莫沫拉着戴锦程躲进自己的房间。

两人寻个清静，窝在屋里打游戏。

莫沫看着戴锦程的侧面，觉得他绷着脸认真打游戏的样子极其可爱，便毫无征兆地亲了他一口。他身子一歪，赛车撞到路边，他叫道："犯规犯规，重开一局。"

她倚在他身边，暖暖的，这也算是爱。

《爱之梦》的旋律在耳边响起："我曾死去，在爱的疑惑前，被它的双手，深埋于此……"莫沫是在后来读了音乐欣赏书后，才得知这是《爱之梦》钢琴曲的题诗。多残酷，爱会让一个人死去。

她才不，她要好好活着，活得美美的。

再玩一把赛车，重新启动。

怎么，这旋律绕在耳边不走了，仍响着，莫沫一惊，哪里来的音乐？好像是从客厅传来。

她推门出去，看到妈妈抱着小侄女，手中拿着一个八音盒："囡囡，你看，多好玩，这个盒子会唱歌。"

那是周衡送给她的离别礼物。

"妈，它……它怎么响了？"莫沫结结巴巴，血一下子冲到头顶。

"喔，你爸有一次打开，说怎么不响，就拿去修，结果给修好了，——囡囡，好玩吗？"

莫沫立在原地，手脚开始冰凉。耳边响起的每一个音符她都记得，曾经她和他把这支曲子作为约定，说好在两不相见的日子里，只要听到这首曲，她就当作他陪她在身边，从未离去。临走那天他是怎么想的？明明拥着别人，却要送给她一个不要忘了他的离别礼物。

莫沫脑海深处那几万米深的记忆突然浮了上来，她应该早就忘记的事，一下子清晰了。她与他的最后一面其实是在学校门口的那一次，她居然穿着丑丑的迷彩服，他依依不舍，她急着逃开，他对她说的最后一句话是“你要好好的”，他想送给她的最后一件礼物是“你别忘记我”。

头有些痛，莫沫紧紧摁着太阳穴，任由那八音盒来回反复地响着。

妈妈抱着小侄女走进厨房：“囡囡，要不要喝果汁……噢，你喜欢这个杯子？有只小猪猪，好，咱们就用它。”

“咣”！只听到妈妈在叫：“哎呀！快拿扫帚来。”

戴锦程冲进厨房，一阵手忙脚乱，莫沫跟了过去，只见那只粉红色的印着蝴蝶结小猪的杯子，摔碎了。

妈妈道：“都怪我，抱着孩子，手一滑就……”

戴锦程跪在地上，小心将碎片拾起：“阿姨，没事的，碎碎平安，岁岁平安。”

那个杯子，是他从上海背到杭州，灵隐烧完香后，再背回上海，送她到家门口，才给她：“莫沫，祝你生日快乐，一杯子，一辈子都要快乐。”

只听得妈妈在边上担心着：“锦程啊，你当心手别被划破了。”

这么说着，手就被划破了，戴锦程“哎哟”一声，莫沫赶紧蹲到他身边，抓起他的手。指尖的血涌了出来，那伤口又直又深，杯子的碎片如利刃。

莫沫开始抽泣，然后泪流不止，捂着嘴呜咽着，戴锦程道："这点伤没事，你快去帮我找邦迪。"

莫沫跑出厨房，泪眼朦胧。药箱呢，大概在柜子上，柜子呢？泪遮住了视线，一切都看不清楚。妈妈拉住她："邦迪在这里，乱跑什么，赶紧拿给锦程。"

莫沫手发抖，贴歪了，再贴一张，戴锦程伸手过来帮她抹着眼泪，笑她："这么大了，还哭？你看，都不流血了，我又死不了。"

这是她头一次在戴锦程面前掉眼泪。

妈妈见状，道："莫沫，你怎么还像个小孩子，这点事就手忙脚乱……锦程，你要好好教她。"

洗手间里，莫沫用凉水冲着脸，再抬起来时，脸上全是水，分不清还有没有泪。

他曾经想送给她的离别礼物，不是八音盒，是《爱之梦》，她却多年之后才听到。他曾帮她背了整整一天的杯子，现在碎了，碎得很美妙，和平安相配。

碎碎平安，岁岁平安。

妈妈在外面喊着吃汤圆，圆圆的碗，圆圆的汤圆，她和戴锦程坐在桌边，头抵着头吃着。这些年，她过得的确很平安。

天有些晚了，算着明早要去学校办些事，便跟戴锦程一起回去。先到他住处拿了些资料，往外走时，被他一把拉入怀中，他吻着她的耳朵，喃喃道："今晚别走。"

她回吻他，吻着他的脸吻着他的唇，他俩抱在一起，贴得越来越紧。窗外月色迷离，她一时间想不起来新的一年是几几年，也想不起来过完年是多少岁，她觉得这样挺好，今朝快快活活的，何必问今夕是何年。

* * * *

戴锦程说不如租个房子一起住，莫沫想想，也好，找个离学校近的地方，大家都方便。

还得购置些家居用品。莫沫对买东西这事兴致很高，见着漂亮的便想买，戴锦程直接把她的钱包收了：“买些必要的就行，东西太多打扫起来会麻烦。”

“可是，那水晶花瓶多美，我们可以放在桌上，买些花……”

“那又不是我们自己的房子，等以后结婚了再买。”

结婚？莫沫看着他的背影，有一种说不出的异样感，他说出的这两个字，仿佛跟自己没关系。

戴锦程叫她过去一起看碗碟，莫沫仍在心中纠缠。不出意外，和戴锦程结婚的人当然是自己，但是，难道不应该很隆重地求婚吗？提前把“结婚”二字说出来，抢了先，求婚便没有意味。

莫沫以为恋爱中的每一步，都应该由男生来“求”，求到最后，她就能为他做一切的事，生儿育女，长成一家人。

她磨蹭着，拖住他。他指着一口锅问她怎么样，莫沫道：“我又不会烧饭，——你，你刚才说结婚？”

“对呀，你不会烧饭？得学啊……否则咱俩吃什么。”

“你还没求婚呢，怎么就直接说结婚？”她嗔怪他，见着戴锦程拿起一把炒菜铲子。

他便拿着那把铲子转过来面对着她："那都是小孩玩的，电视里演的。"

莫沫撒着娇："我也是小孩。"

"你都过 25 了，还是小孩？"他自以为是地捏捏莫沫的鼻尖，"在我们老家，25 岁都当妈了。"

莫沫绷着一张面孔，不去理他，径直往前走去，想着他会跟上来哄自己。快出店了竟然还没被拉住，她回头瞧，看到戴锦程手中拿了两把筷子比来比去，心中这气就想直接发作出来，刚走回到他面前，又一想，她若是吵，他肯定不理她，自己的一拳头就像打在棉花堆上，然后他会说："莫沫，我们来谈谈……"

唉……算了。

莫沫只好和他一起挑筷子。

回家路上，地铁里有新闻，当晚狮子座流星雨。莫沫激动起来，戴锦程却道："要凌晨 1 点，那时候怎么爬得起来？"

"定个闹钟！"

"为什么要看？我对流星雨一点兴趣也没有，而且在市区，不可能看得到。"

"兴许运气好，可以看到。锦程，在流星雨来的时候，可以许愿。"莫沫拿出手机，开始设闹铃。

"许愿？"戴锦程笑道，"莫沫，这是迷信。"

他的理论是，事在人为，关老天什么事。

"你不去看，我去看。"莫沫道。

路过学校门口，遇到熟人，莫沫根本没想到，竟是余音子。

余音子神情自如，还主动打了招呼，见两人大包小包拎在手中，便问:“买东西去了？”

戴锦程开始解释，刚租了房子，缺什么什么，所以要买什么什么，地址是在哪个小区哪个单元，以后有空来玩，说个没完没了。

莫沫看着戴锦程，他一点也不惊讶见到余音子，应该是早就知道她回来了，但神色终归不太自在，平常惜言如金，现在却啰里吧嗦，像跟领导汇报似的，那话头刹也刹不住，恨得她暗自掐他。

戴锦程看着余音子，却又不敢直视着她的眼睛。她真是都没变化，跟他送她走的那一天一模一样，好像就是昨天的事，算算却过了有一两年时光。

余音子没理戴锦程，却看着莫沫，还是那张面无表情的脸，也不知道她心中在想什么。

最终莫沫也看向余音子，与这位故人相见，应是分外眼红。她紧紧挽住戴锦程的胳膊，莫沫要余音子知道，戴锦程是她的，这么多年了，她还是这么小心眼。余音子看到，像没看到似的，不知是真情还是假意，奉承了两句，客客气气地走了。

“你知道她回来了？”莫沫问。

“对，早知道了，她回来任教，你以后得叫她余老师。”

“为什么不告诉我？”她质问。

“你跟她有交情？”他反问。

“跟她有交情的，明明是你。”

“莫沫，”戴锦程想了想，转了个话题，“你放心，我肯定会求婚的。”

莫沫哼了一声，只觉得这句话，接得如此古怪。

晚上，戴锦程早早睡了，劝莫沫不必看什么流星雨，又不是在郊外，肯定看不到。莫沫想想也是，也跟着睡了。到了凌晨，手机狂响，莫沫迷迷瞪瞪摁亮一看，才想到睡前没有关掉闹钟。

夜深人静，戴锦程翻了个身继续睡去，莫沫却再也睡不着，总觉得心中放不下，便索性披上衣服悄悄起身，推开门跑到楼下。

和预计的时间还差半小时，也许如戴锦程所说，在市区看不到，但也许就看到了呢？莫沫从未看过流星雨，那些星星真的如下雨一般落下？那天空得美成什么样子。

今夜比上次强，还能看到几颗星星，而上次，流星雨没看到，倒是碰到雷阵雨。她还记得他安慰她，就算看不到，也不代表流星雨没有来过，所以许愿就是了。

莫沫抬头看着夜空，似此星辰非昨夜，那个肯为她风露立中宵的人早已不在身边。

想这些干什么，莫沫摇摇头，还是想想一会儿许什么愿。

愿学业……她已有学业，愿爱情……她已有戴锦程，愿平安……已经岁岁平安过了，莫沫发觉，自己已经无愿可许，她的内心空旷如荒野。

她怕了，不知是因为四周静得可怕，还是心中静得可怕。她摸出钥匙赶紧上了楼，钻回被窝中，余热还在。她发着抖，摸索着，抓住戴锦程的手。房间太黑了，比外面还要黑，莫沫使劲睁着眼睛，流下一滴泪来。

* * * *

新学期，莫沫有了新运气，得到去美国做交换生的机会，三个月。

戴锦程第一句话便是：“你可以去美国找周盼了。”

“哪有空，我就去三个月，会忙到飞起来，我还要买好多资料，能有时间睡觉就不错。”莫沫道。

莫沫和周盼失去联络很多年了，她生了孩子之后换了学校换了住处，大概也是忙。本来还是有一个 E-mail，但自从莫沫把自己邮箱密码忘记了，重新换过邮箱之后，她就失去周盼的联络方式了。后来周望也走了，她就彻底找不到她了。当然，使劲找，也是能找得到的，但是，想到周盼，就很容易想到一些不愿意回想的事，还是算了。

莫沫知道她会很好，而她自己也好好的，朋友在天涯两处各自平安，就够了。

去系里办资料，与余音子又相遇，她应酬着，叫她余老师。

有熟人路过，问她俩认识？她和她都笑，认识，认识很多年了。

这一笑，泯恩仇似的，时间真是可怕，把什么都能化为乌有。

“有空一起玩。”莫沫转身就想走。

余音子叫住她：“我从美国带回来一袋咖啡，你来，正好给你。”

莫沫客气着，又心想，她也许是带给戴锦程的。

房间里没开灯，借着黄昏的余光，余音子在柜子中翻找。“他后来去了美国。”她无缘无故地说了一句。

若是别人，绝不知道她在说些什么，也只有莫沫明白她在说谁。莫沫暗自感叹，她与余音子，如此默契。

“你俩又是同学了？”她问她。

余音子突然笑了起来，站在那里叉着腰笑着，莫沫一时间觉得她竟可爱起来，她从未在莫沫前笑成这样。莫沫只好也笑，陪着她笑，不知为何地笑着。

“没有，我们再也不是同学了，”余音子笑够了，“我跟你一样，后来再也没有见过他。”

莫沫的眉梢一挑。

余音子已找到咖啡，递给莫沫，递过来的还有一张小纸片。

“周盼的地址和电话。她搬了好几次家，有次我碰到过她，她说你的联系方式都找不到了，让我若是回上海遇到你，把她的联系方式给你。”

莫沫道谢，便想走，却抬眼看到余音子用一种很认真的眼神看着自己，她一呆，也挪不动脚了。她是否还有话要讲？屋内光线越来越暗，余音子看着莫沫，却像看着另一个人。

“你知不知道？”她对莫沫说，“你和他真的什么地方有点像，眼睛，还是鼻子？”

莫沫看着她迷迷茫茫的样子，轻轻推了她一把，道：“你还记得？我早忘了。”

这一推，把她推醒了，余音子笑了笑：“我送你出去。”

楼道里，光影斑驳，像时空隧道，莫沫走在余音子身后，不约而同的两身黑裙。她和她，本都是一张白纸，被铺上各种颜色，爱、恨、欲、求，一层叠着一层，所有颜色叠到最后，就变成了黑色。

她和她，最后谁也没能和他在一起，在经历了所有的颜色后，她俩竟殊途同归了。

走出学校的门口，莫沫隐隐听到边上有人在聊天："MSN SPACE明天要关掉了呢……""喔？不过我也很久没上了。""所以我今天晚上回家要上去看一看，怀念一下，明天就看不到了"。

回到住处，一个人在镜子前，鬼使神差地拿起眉笔来，画了手指粗的一字横眉，像蜡笔小新。莫沫看着镜中的自己，她突然笑了，就像刚才余音子那样，站在镜前笑弯了腰，笑出眼泪来，然后突然又不笑了，抽出一张纸巾使劲地擦着，擦到满额头都是黑灰一片。

晚上，戴锦程回来，问晚饭想做什么吃的，莫沫说出去吃，吃牛排。

他开始有些不满，说总出去吃太浪费，得节俭一些。莫沫好像没听到他的声音，自顾自地说着："牛排要贵的才好吃，我们什么时候去外滩吃一次？"

"那得多贵啊！"戴锦程有些恼了，开始给她算账，"莫沫你最近又花了多少钱？一分没存？月光族？你这样怎么行？我们都得一起为将来考虑。"

莫沫垂着头，一言不发。他见状，便叹了一声，提议要么去另一个地方吃，那里的牛排挺便宜，好像有团购。他开始查手机，莫沫摇头，又说不饿了，今天什么也不想吃。

戴锦程不再理她，自己下楼觅食去，回来时打包了一份盖浇面给莫沫。天冷得快，面早凉了，他要莫沫自己拿去微波炉里转一下。莫沫从冰箱里找出一瓶辣酱，倒在冷冷的面条上，吃了两口，被辣得咳嗽不已，便全部都倒了。

打开电脑，打开许久没有上过的MSN，自己的SPACE里无非是好久以前写过的稀稀拉拉的小文字，可看可不看，没什么可怀念的。她点开那个已经灰了很久的头像，但是那个人的SPACE里，空空如也。

若是真的有那些他曾经说过的日记，那应该是被设为私密的，只有用他的用户名登录才能看得到。

莫沫开始尝试猜密码，他的生日、自己的生日、第一次见面的日子……甚至周盼的生日，统统是错误的。

其实不看也行，就算是明天再也看不到了，明天的太阳也会如期而至，昨天种种也会消失殆尽，但又不甘心，明天，就什么也看不到了。

算了，太晚了，睡觉。

躺到床上，清醒快要滑向昏睡时，莫沫脑中响起一句话："我觉得用谱子做密码比较好，一般人猜不出。"

是何年何月何日，他曾经和她闲聊时的一句话。

莫沫悄声抱着笔记本电脑走到客厅，黑暗中，她想到那首钢琴曲："我曾死去，在爱的疑惑前，被它的双手，深埋于此……"她屏住呼吸，将旋律的前六个音符转为简谱数字敲进密码框，网络很慢，停在登录页面有几秒。

这几秒，莫沫的心思已经转了好几个来回，希望能进去，又希望仍是进不去，因为不管如何，这一切都是无用功。

居然进去了，密码居然是对的！莫沫愣了好一会儿，手抖抖的，点进SPACE。

"10月25日，和莫沫去城隍庙，买了一只毛绒绒的大兔子。"

“9 月 20 日，莫沫不开心，于是去吃火锅。”

“5 月 6 日，和莫沫去 K 歌，基本上都是她在唱。”

“2 月 13 日，生病，睡觉，和莫沫聊电话。”

“以前不给我看，原来写得像账本一样……”莫沫不由得这么想着，想笑，却又觉得鼻子有些酸。她开始快速滚动鼠标往上翻，那些字迹如烟雾一般腾空飘了起来，一直翻到——

“8 月 4 日，欢乐谷，莫沫打鬼，却把自己的脚给崴了，在地铁里背莫沫上楼梯，莫沫说这是‘猪八戒背媳妇’。”

突然一下子，像是被呛到，莫沫的泪水流得满脸都是，停也停不下来，整个人被施了咒一样，动也动弹不得。

一瞬间，不知所措，她眼前拼凑出来的一张脸，竟是自己，那时伏在他背上的自己，那脸庞，那笑声，那一段好像走也走不完的路。莫沫捂住脸，任泪水在指缝间流着，那时真是快乐，像初生的婴儿，不知人间疾苦。

莫沫轻轻合上笔记本电脑，躺回床上，枕边人已经深睡，呼吸重重的，像是胸上压了块石头，透不过气。这一呼一吸，将莫沫刚才的念想渐渐吹散，她懂了，那种快乐将不再有，因为时间就像龙卷风，把一切都吹上了天，再从空中扔了下来，一切都散了架，不复从前了。

时光一逝永不回，往事只能回味——甚至连回味都不再有。明天之后，她是再也看不到那些像账本一样的日记了，也好也好，空空如也，轻装行路。

* * * *

真到了临行的前一夜，莫沫忙着收拾行李，戴锦程回来得很晚，到家后，拉着她到客厅，突然单膝跪了下来，拿出一只红色丝绒盒子，打开，是一枚戒指："莫沫，嫁给我好吗？"

这么突然！莫沫捂住嘴，尖叫一声，分不清是惊喜还是惊吓，只是说："可我还是学生。"

"研究生也可以结婚。"戴锦程见她没回答，站起来，把戒指戴到她手上，将她拥入怀中。

莫沫伏在戴锦程的肩上久久不肯离开，她将手伸到眼前，细细看着戴着戒指的模样，戴锦程看不见她的表情，眉眼静静的。

她会不会是因为极度的开心，才脑中一片空白，任由着他拥着，说不出"好"与"不好"？而戴锦程也不再问她。

他没有食言，给了她一个标准的求婚，她却没有想象中那样地激动，她对他有些愧疚，他爱着她，她却没能立时回应，大概是时间不对，莫沫一阵困倦，明天就要飞了，现在实在太晚，她对他说："等我回来。"

第二天一早，莫沫把戒指和写着周盼地址的那张纸条一起放入抽屉："我怕在外面弄丢了，还是回来以后再戴。"

她独自一人坐在飞机上，第一次出国，感受却寻常。一样的机舱，一样的起飞声，只是她要飞好久。她裹着毯子想要沉沉睡去，最好一觉醒来就到了，睡着之前，她笑了笑，没人能看到。她曾经以为这是多难的一件事，原来这么简单，小时候——那是20岁不到的自己——真的是好久以前，她觉得出国太难了，一个人若是出国了，就好像走到别的世界去了，现在才明白，本来就只有一个世界，只是路途有些遥远，时间有些漫长……她睡着了。

* * * *

三个月眨眼间就过去了，莫沫再回来时，戴锦程也成功正式留校任职了。

本说好两人单独庆祝，他却盘算着反正要请朋友一起吃饭，就一起吧，于是一桌人马，有莫沫，也有余音子，分坐在戴锦程两边。

可能是需要照顾客人，戴锦程撇下莫沫，一直在同余音子聊天。莫沫无趣着，便朝两人举杯："来，我给戴老师、余老师敬杯酒，现在你俩都是老师了，以后可得照顾着我。"

戴锦程本在和余音子讲着话，侧身转过来，脸上的神情还来不及褪去，他有些羞涩，有些欣喜，还有些不安，糅杂在一起，形成一种特别的表情来。莫沫与他相处这些年，从没见过他这副样子，她看着他，觉得现在的他才是生动的，像个人样，自己平常见着的仿佛一直是另一个戴锦程。

又过些时日，戴锦程提出不再租这房子："你去美国那三个月，我忙得要命，总得加班到很晚，申请了学校宿舍，这屋子几乎没住过，太浪费。莫沫我们不如把它退掉，又省出一笔钱来。"

好好，一切听他的。还好开头时听了他的，没买太多东西，现在清理起来的确方便，几件贵重的东西便搬到他宿舍里去，莫沫只不过带走一些衣服。

最后一夜，只剩下一张床，两个人，她缠着他，他却直喊累，十分钟便缴械投降。

他吻着她的额头，安抚她，她在黑暗中问道："你是不是还喜欢余音子？"

他静了片刻，便大声否定："你为何不信任我？两人相处最要紧的是信任，你居然不信任我……"莫沫打断他："你只需要回答是或不是。"

冷了场，戴锦程反问她："你还喜欢周衡吗？"

莫沫道："你最清楚，我跟他不一起这么多年了。"

"你这回去美国，没见着他吗？你俩都在纽约。"

莫沫的声音是冷的："我忙得连周盼都没去找，我从不知道他在纽约，你怎么知道的？"又轻哼一声："原来不是我不信你，是你不信我。"

这回是真的静默了。过了许久，莫沫以为戴锦程睡着了，这一片黑色就好像只属于她一人的了，她放下心来，仔细想着不可告人的心事。

她终于来到有他在的城市，走过了他也许也走过的路，她幻想着在哪个转弯的街角，他迎面走过来，她对他说一声"嗨"，而他对她说一声"好久不见"，他俩一起喝杯咖啡，不再去说从前，只是坐下来聊聊天，问声"最近可好"，离去时，笑着挥手说声珍重再见，便各走各的路去。

若讲给旁人听，他们一定以为她还爱着他。不不不，她摇着头，她所幻想的不过是一段歌词，那写歌的人最是心硬如铁，用刀去剜心头肉，听歌的人最是自作多情，以为唱的全都是自己的故事——其实，只不过是一首歌而已。

她早已不再爱他。她的记忆中有那么一个箱子，里面堆放着她和他的碎片，若想拼起来，总缺一块少一块，就算拼好了，一看也都是裂纹，那么还不如不去动，将这箱子锁得紧紧的，沉到心中几万米深处。

她只是有时会很想念他，但那已和爱无关了。

总有人白头偕老，也总有人永不相见，这也是缘。

她觉得累了，不如求个安定，管什么爱不爱的，永远在一起，岁月就静好了。

莫沫悄声说了一句，不知道枕边人是否能听见："我们结婚吧。"

戴锦程翻了个身："等你毕业后再说吧，这些年我也得多攒些钱。"原来他也醒着。

第二天，两人曾经一同推开的门，关上了，一个回了家，一个回了宿舍。

第十二幕

出发大厅中，总有人真正地离去，比如那个穿着黑色机车夹克的高个子少年，他一直在等一个人，他不知道能不能等得到。

莫沫也开始忙起来，排练一场音乐会，自己有一个独唱节目，学校还有功课，天天奔波。现在觉得戴锦程说得对，全都忙着，哪有空住在一起去。渐渐地，她与他，仿佛有了约定，谁也不过问谁的事，实在无暇解释，便美其名曰：各有各的空间，互相尊重。

越忙越有事，本科同学小甜妹办了一间幼儿音乐培训机构，教小朋友唱歌弹琴，开业时请了莫沫去，一时热闹非凡。当天办会员可打折，莫沫一边和小甜妹聊着天，一边听到有人问前台：“我家孩子只有暑假两个月在这里，若是来学琴，费用如何？”

小甜妹赶紧招揽生意去，莫沫却呆在原地，这声音，就算她五年、十年听不到，也不会忘记，她急急转身，朝那人叫道：“周盼！”

那人转过身来，真是周盼。

一阵拥抱，仍是熟悉的味道，也是许久不曾有的温暖，这温暖来自年少时代，遗失时并没有太多忧伤，失而复得后才知其珍贵。她这才觉到，多年未联络周盼，也许是错的。

他是他，周盼是周盼，应该毫不相干。

周盼带着女儿，还挺着一个大肚子，莫沫哄着那粉妆玉琢的娃：“叫干妈，干妈给买好吃的。”

“有你这种干妈？连 E-mail 都不回。”周盼抱怨她。

“我把邮箱密码丢了，你知道我从来记不住数字。”莫沫搂着她，求她原谅，像以往那样。

“还是你好，硕士都读上了。”周盼开始夸她。

“当然是你好，夫妻恩爱，儿女双全，求也求不得。”莫沫真心羡慕，恨不得拿这些时光来换。

两人找了间咖啡馆坐下，慢慢聊着。

“跟戴锦程可好？他向你求婚了？真好。”周盼放下一百个心来。

“我哥……”周盼看了看莫沫，见莫沫神情平和，继续说下去，“也回来了，他快要结婚了。”

莫沫微笑着：“他年纪也不小了，比我还大两岁，也是时候结婚了，挺好的，挺好的。”莫沫连着说了好几个“挺好”，才想起来正经说一句，“一定代我恭喜他。”

周盼笑笑：“他现在在上海，你和他有过联系吗？”

莫沫摇摇头：“我早就把他手机号给弄丢了。”

周盼便不由分说，抄了一串手机号给莫沫：“这是他的新号码。”接着又说：“前些年，他想来找你，问我你的现状。我跟他说，听余音子说过，莫沫跟戴锦程挺好的，就别去打扰人家了。”

莫沫眉毛一挑，他竟曾经想来找她，周盼见着她神色变了，忙道：“我是不是说错了？”

莫沫马上恢复了表情，温温和和的：“没错没错，锦程是跟我挺好的，我爸妈很喜欢他。”

周盼这才缓了下来：“你跟我哥，我总觉得很可惜……”

莫沫打断她：“千万别这么说，他要结婚了，你看，我也快了。”她指指自己手上戴着的戒指。结局是大家各有各的好，也算是好的。

一时不知道说些什么，倒是想起件事，莫沫赶紧从包中摸出一张票来：“周末有场音乐会，在大剧院，有我独唱，你一定要来。你多少年没看我演出了，这座位是前面几排，你绝对能很清楚地看到我。我会穿得特别漂亮，记得给我拍照喔。”

周盼叹道：“还是莫沫你好，我多少年不唱了，现在只唱幼儿歌曲。那天，我一定会来给你捧场。”

* * * *

周末，傍晚，大剧院后台。莫沫坐在化妆台前，和同伴们说笑着，头发一把梳上去，盘成一个发髻，面色粉嫩，唇是正红色，着一身湖青色的抹胸裙，一层层轻纱垂下，身材曼妙，胸前只戴一根钻石项链。

刷一抹腮红，接到戴锦程的电话，说是晚上要加班就不来了，莫沫说好。他又问：“你带伞了吗？今晚预报有雨。”莫沫回道：“带了，你不用担心，我演出完后打个车回我爸妈那里。”近来，她越发少去戴锦程宿舍了，总觉得两个人都忙，忙到没心思。

接着，差不多要轮到自己的节目了，莫沫把手机调至静音状态塞进包里，照照镜子，掠了掠刘海。

上台，昂首挺胸的，在舞台中央立定，身后是整支交响乐队。她对指挥微微鞠躬点头，站好身形，面对所有的观众，眼前是一片白茫茫的光，这是她的世界，由她自己来唱。

唱的是音乐剧《悲惨世界》中的那首 *I Dreamed A Dream*，她唱道：

There was a time when love was blind
And the world was a song and the song was exciting
There was a time
Then it all went wrong

And still I dream he'll come to me
That we will live the years together
But there are dreams that cannot be
And there are storms we cannot weather[1]

台下的人静静地听着，他们听得出悦耳，但不一定听得出悲伤，他们看得到歌者在台上张开双臂，却不一定猜得出歌者是在演别人还是在演自己。当歌声停止时，他们报以掌声，感谢有人唱歌给他们听，而

1 歌词中文翻译：曾有一度爱情是盲目的／世界就像一支动人的旋律／那是过往的时光了啊／后来一切都变了／直至如今，我仍梦想着他将要回到我身旁／梦想着我们可以一起度过美好时光／但这些梦想不会成真了／我们也经不起这些狂风暴雨

这个唱歌的人则向他们鞠躬，其实是在感谢有这么一处地方，能唱出自己说不出来的话。

莫沫明白，岁月如梭，最初的自己早已被时间击碎，不过是一块块碎片粘在一起，喜、怒、哀、乐，不过莫沫却不怕。怕什么，舞台上来过唱过，人世间爱过错过，虽是美梦一场，不得成真，但只要听到自己的歌声仍在，她就什么也不怕。

当她张开双臂时，好像能够拥抱整个舞台，她觉得无憾了，因为她拥抱了属于自己的全部世界，无畏无惧了。

在歌声结束时的那一秒，整个音乐厅中所有的人都在看着她，她也看着所有的人。莫沫站在舞台中央，闪亮着，她觉得自己是最美的人了。

回了后台，便一脚踏回凡间，和一群浓妆艳抹的哥们儿姐们儿说笑着，讨论一会儿到哪里夜宵，是小龙虾还是烧烤店，然后喊了一声："我的包呢？"有人答道全都放到另一处了。最后一个节目演出完毕，赶紧同所有人款款地走上台，捧着鲜花鞠躬谢幕，这一夜才算真正结束了。到了后台去找包，翻出手机，一边低着眼将假睫毛撕去，一边看手机。这一看，看到刚才周盼打来五个电话，速速拨回去，身边一堆嘈杂的人声，莫沫大着嗓子，兴奋着："周盼，你来了吗？你看到我了吗？怎么样，我唱得好不好？"

那边却说："莫沫，对不起，我没来，我肚子突然疼了。"

莫沫一惊："要不要紧？赶紧去医院，这次没来没事的，以后你有的是机会看我演出……"

周盼打断她："我把票给我哥了，我哥去看了。"

莫沫一时间好像听不见了，周盼再说什么都听不见了，她颤抖着声音，问她："你哥？周衡？他来看我演出了？就在刚才？"

"对！"周盼说道，"你看到他了吗？他以前说过，没能见着你最后一面，所以我就把票给他了。"

莫沫没办法再听周盼说下去，她手抖着，摁掉手机，脑中轰隆隆，只有一个念头："他来了，周衡来了，刚才，他离我那么近，就在几米之外。"

眼前突然全是周衡的面孔，她以为她早就忘记，却没想到仍记得那么清晰，清晰得好像伸手就可以摸到，他在她面前对她笑，眼眸似星空，她无法呼吸。

莫沫拎着裙子跑回舞台，台下已经散场，人群在往外散，她跟着挤出去，直奔大剧院门口，周衡若是离去，一定会从这个门口出去。此时，她只有一个念头："他来了！我要见他，见他一面。"

他没能见到她最后一面，而她也没有见到他最后一面。

外面开始下起雨，走出剧院的人撑起了伞，莫沫焦急地在门口张望着。她看到很多很多伞，红色的、黑色的、印着花的、印着格子的，她顾不得雨点打在身上，跑下台阶四处寻着，可是，她看到很多很多的伞，却看不到伞下的人。

雨中，大剧院门口，离去的人们会看到那个女孩，她穿着湖青色的纱裙，银色的高跟鞋已经湿了，她逆着人群的方向，找来找去，雨越来越大，伞越来越少，雨水落在她的脸上，黑色的眼线和黑色的睫毛膏如雪般融化，她好像在哭，流下黑色的泪。

她眼前的世界越来越小，快要看不清，冥冥中，她听到一个男生说："你将来要是在这里演出的话，我要做你的'钢伴'。"

她又听到一个女生说："我要穿得特别漂亮，抹胸长裙，露肩，露到这儿，只戴一根钻石项链。"

她看到那个男生将女生一把抱起，扛在肩上走，那个女生尖声笑着，捶打着他的背……

那情景被雨水打散，化了开来，模糊成一片，渐渐地，一切都消失了。

莫沫哭了："周衡哥哥，我来了，我在大剧院里演出了，你看到了吗，你等等我呀……"

"周衡哥哥，我想见你最后一面啊……"

"周衡哥哥，我想跟你说一声再见……"

"我想跟你好好地告别，我想面对面地跟你说，我们可能没办法在一起了，我们分手吧，再不牵挂，但是我一定要告诉你，你是我第一个喜欢上的人，我会永远记着你。记着 18 岁时的我，最爱的人，是你。"

门口几乎没了人，莫沫转身冲回剧院，她赌一把，赌他也许仍在剧院。

从门口到剧院内，短短几步路，却跑得如此艰难，期望着他会等着她，又恐惧着他其实早已离去，这段路，像跑了好几年。

音乐厅内，灯光暗去，已空无一人。

那个穿着湖青色纱裙的女孩，捂住脸，失声痛哭。

她哭到弯下腰，伤痛得不能自已。

那台上垂着的帷幔，深不可测，如同被藏起来的时光，外人只看得到风生水起，而藏起来的是连自己也看不到的那些软弱、那些痛苦、那些思念、那些惆怅、那些恨和那些爱。

哭吧，哭到整个人都扭曲，哭到最后连声音也嘶哑，她这辈子从未哭得这么难看过，也从未哭得这么难受过，呕吐般的，抽搐般的，把一切都撕碎吧，把一切都遗忘吧。

她多想回到那一天，在机场，她穿着跟他一模一样的黑色机车夹克，她用她最美的样子，对他说一声：再见了，周衡哥哥。

然后他们便永不相见。

有些人会白头偕老，而他和她，终将曲终人散。

* * * *

那一夜，深且长，莫沫失魂落魄，觉得怎么过也过不完，不知何时能到清晨，见到太阳。

太晚了，不想回家，无处可去，只好去找戴锦程，到他宿舍窝一夜。

临到门前，还未敲门，听到里面有说话的声音，是谁在里面？这么晚了。

莫沫一脸的浓妆，急着想洗掉，“咚咚咚”敲着门，在外面高声叫道：“戴锦程！开门！”这一来，里面的人声停了。

过一会儿，戴锦程在门那边：“你别喊，轻点声，等等……马上来。”这声音急躁着，暧昧着。

里面一个椅子碰翻在地上，脚步声，扶起来的声音，过了好一会儿门才开，莫沫走进去，见屋中坐着余音子。

都吓了一大跳，莫沫的脸跟鬼似的，那两人的脸跟贼似的。

余音子拿起包，眼也不抬：“我有事，先走。”

“等等！”莫沫喊住她，走上前去。

余音子脸色一惊，往退后：“你想干吗？”

莫沫在她面前站好，冷冷地看着她，伸手把她的领子理好：“现在好了，刚才领子没翻好。”

余音子逃似的走了，留下戴锦程慌忙解释：“她来找我聊工作，那个事儿，你知道咱们系有个音乐剧要引进……”

“你烦不烦！”莫沫大声喝止他，“能不能像个男人，承认你其实一直都喜欢她？”

莫沫走到洗手间，看着镜子里自己身后的戴锦程，他像看着陌生人一样看她，而镜中自己脸上的油彩，经过雨，经过泪，像打翻油漆桶，又脏又丑。她翻出包里的瓶瓶罐罐，对着镜子，将卸妆油倒在手上开始往脸上涂、抹、擦，一张张纸巾脏了，脸干净了，

不怕，什么都擦得掉，莫沫想。她很认真地洗着脸，戴锦程站在原地一言不发。

洗干净了，镜中的莫沫像一张白纸，清清爽爽，没有任何颜色，只是眉毛淡了，嘴唇丢了一半血色，面皮是白净的，光泽却消失了，还好，眼睛是明亮的。

“我们分手吧。”莫沫说。

* * * *

半年后，莫沫收到戴锦程和余音子的请柬，上面印着“百年好合”。

有情人，事竟成，最终真的得偿所愿的是戴锦程。

莫沫把请柬丢到垃圾桶里，发了条短信给戴锦程：“账号是多少？我把礼金打给你。”

回复的信息是：“我们见一面，有事面谈。”落款是“余音子”。

莫沫寻思了一下，没什么可怕的，便去了，当面递上红包。“恭喜，但实在抱歉，婚礼我就不去了。”

余音子点点头，开始说另一件事：“我从小就有写日记的习惯，前两天，我把我曾经所有日记都烧了，所有人都得往前走，我将来也不会再写日记。”

莫沫望着窗外，觉得很无聊，特意约出来，说这些做啥。

只见余音子从包里拿出两页纸，放在桌上：“这是我撕下来的，里面有一件事提到过你，而你应该是不知道的。不过你现在知不知道，也都无所谓了，对于我来说，只是物归原主，以后，这些事，我也不会去想了。”

她走了，莫沫拿起那两页纸看着，然后轻轻推在边上。她和那两页纸待了很久，直到有人从边上走过，带起一阵风把纸吹到地上，服务生跑来要帮她捡起来，莫沫起身道：“谢谢，帮我扔了吧，是废纸。”

* * * *

周衡走的那天，在机场出发大厅，余音子特意穿了红色的裙子，心似火。她对周衡说：“你等我，我把材料准备好就去德国找你。”

周衡道：“音子，对不起。”

余音子静静地看着他，皱着眉，低声道：“你别对我说对不起，你别说……”

但周衡仍是要说：“我懂你的心意，但是我一直当你是我最好的朋友，我对莫沫发过誓，我不会和你在一起。”

他说得好艰难，字字如巨石，将每个字都说完，用尽全身的勇气。

余音子哭了，从来没有这么伤心过：“你怎么可以这样？我哪里不好？我哪里不如她？”

周衡摇着头：“音子，我没办法告诉你，我甚至不知道我为什么喜欢莫沫。也许爱上一个人，不是因为她哪里好，而是因为……”他抬眼看着她：“因为第一眼就喜欢上了那个人。”

余音子哭得更凶了，原来他一直懂她的心思。

他见她仍是哭，继续道：“音子，我们仍是朋友的话，你我都不容易，你我都往前走吧，就不要再联络了，我祝你以后一切都好。”

他说得很慢，而她希望自己永远没有听到这些话。

许久之后，余音子颤着声：“在我走之前，你抱我一下吧，就像朋友永别一样。”

她扑进周衡的怀中，第一次，也是最后一次，周衡拍了拍她的肩。

她轻声对他说：“我 6 岁时第一次见到你，就喜欢上你了。”说完，她将他推开，转身离去。

出发大厅中，总有人哭着离去，比如那红衣少女。她清楚地知道，不是她推开他，而是过往的一切将她推开，不得已，由不得自己。

出发大厅中，总有人真正地离去，比如那个穿着黑色机车夹克的高个子少年。他一直在等一个人，他不知道能不能等得到。

尾声

所以，每个人心中都有一座坟，埋葬着死去的初恋。

我再次见到莫沫时，离我俩一同听音乐会已过去半年。

“姐，我硕士毕业了。”她发布好消息。

我们一起去喝酒，以示庆祝。

我要祝她：“祝你事业有成？”

她摇摇头：“我已经预备留在母校，换一个。”

“祝你爱情美满？”

她笑了：“姐，爱情是最简单的事，太多人追我，再换一个。”

莫沫新卷了长发，染了栗子色，白净的脸，眼中透着光彩，像个洋娃娃。有些女孩，比如我妹，是越活越美的。

“祝你越来越漂亮！”我挑个俗的，她却欢喜了：“对，我要漂亮，我要一直漂亮！”

我问她接下来有何计划，她说趁着假期去欧洲玩，一个人去，自由自在。我又问她有没有男朋友，她开始翻手机中的照片，一个是师兄，稳重而体贴，一个是师弟，帅气又机灵。“姐姐你说哪个好？我实在不知道挑谁。”

师兄还是师弟？真是千古难题。

莫沫拨弄着耳边的卷发，手里一杯香槟，映得人有一种迷离的神色，明艳动人。

我放弃帮她挑选师兄师弟，想起年初和她听的那场音乐会，就问她：“你后来跟周衡有联络吗？”

“我干吗要跟他联络？说不定他已经结婚当爸了，我才不要去找他。”

“我一直没弄清你俩什么时候分手的。”我对她这段往事的结局一直搞不太清楚，我知道他俩曾经好得不得了，但却不知道他俩何时不好了。我以为恋情结束时一定是有个重重的句号或是感叹号，他俩却是一串省略号。

“我跟他，从未说过分手，”莫沫说，“就是渐渐不在一起了。”

“后悔吗？”

她摇摇头：“只有一个小遗憾，我没有好好和他告别，不过也算是互相见着最后一面了，虽然晚了一些。”

十年之后，他看到她终能在大剧院的舞台上演唱，那是她曾经奢望过的场景，而之后她在音乐厅中看到他演奏《爱之梦》，那是他曾经答应献给她的曲子。只不过周衡在台下看到台上的莫沫时，她没能见到他，而莫沫在台下见到台上的周衡时，他也没有见到她。这也是缘分，台上台下的缘分。

“你俩最后一次见面是在哪儿？”

“我俩最后一次……应该是在音乐学院边上吃饭，好像是吃冷面，我军训的时候。”

莫沫开始回忆，说到见周衡最后一面自己居然穿的是迷彩装时，她趴在桌上笑起来：“真的，姐，我没有想到那是最后一面，我那么丑。”

“你们最后说了些什么？”我好奇了。

“他说毕业后一定要告诉他，他要请我吃牛排，到外滩，去吃最贵的。”

“那你告诉他了吗？”

“当然没，那时候我都把他手机号弄丢了。”

“周盼后来不是给你他新的手机号了吗？”

莫沫开始掠着头发，不停地掠过耳后：“多少年了，他肯定不记得我了。”

我对她说：“这是你答应他的事，你就告诉他，你毕业了，这次是硕士毕业了，然后你俩就谁也不欠谁的了。”

当完成所有的约定后，也就是真的告别了。

莫沫重复着我最后一句话：“好，这样我也不欠他，也不欠自己了，算是了结了。”

她发出的信息是：“周衡哥哥，我硕士毕业了。”如他们在很多年前约定的那样，她依旧习惯这么叫他“周衡哥哥”。

我问她：“不落款？”她说自己只是履行自己答应过的事，她是谁，他忘记或不忘记，是他的事，她无所谓。

“来，干一杯！”莫沫如释重负。

接着继续给我看照片，师兄也很帅气，师弟也很暖心，到底谁更好，如此犹豫着，要么两个都不要，一定还有更好的。

然而，手机中并未有短信回复进来。

不过，怎么可能有回复，都是十多年前的事了，他一定会以为是谁发错了信息。

“他一定不知道我是谁，”莫沫说，“不过，我也不是以前的我了。”

“你是不是最爱他？”我借酒问真言。

“曾经，我最爱他，现在，我当然不爱他了，而且再也没办法这么爱了。”

“为什么？”

“因为我只有一条命。姐，你知不知道有一种爱情是这样的：当他还是一个陌生人的时候，你就一下子爱上了他，可以为他死掉。”莫沫说，“我在离开他的时候就知道，我的那条命没了，我再也不可能这样去爱一个人了。”

一个人不可以死两次。

“也许，只不过是因为他是你的初恋。”我说。

“他是我这辈子喜欢上的第一个人，将来我肯定还会爱上别人，但是第一次的那种喜欢，这辈子只有一次。”她说。

所以，每个人心中都有一座坟，埋葬着死去的初恋。

夜深了，外面的灯火影影绰绰，都有些倦了。

我去结账，回来时看到莫沫拿着手机，歪着头，掠着头发，不停地掠过耳后，盯着屏幕许久，然后将手机反扣在桌上远远推出去。她把脸埋在臂弯中，长发披了下来，掩盖了眉眼神色。我以为她醉了，或是困了。

我拿起她的手机，看到有一条新的短信。

——莫沫：周衡哥哥，我硕士毕业了。

——周衡：莫沫，好久不见。

·

THE END

·

·

·

·

多年之后我才知道

莫沫的英文名字是周衡取的——Monica

周衡的英文名字是莫沫的星座——Leon

这本小说送给 Monica，留作纪念

·

·

图书在版编目（CIP）数据

十年后，我来听你的音乐会 / 金沙江著 . -- 长沙：湖南文艺出版社，2018.1
ISBN 978-7-5404-8263-3

Ⅰ . ①十… Ⅱ . ①金… Ⅲ . ①长篇小说 – 中国 – 当代Ⅳ . ① I247.5

中国版本图书馆 CIP 数据核字（2017）第 213935 号

十年后，我来听你的音乐会
SHINIAN HOU, WO LAI TING NI DE YINYUEHUI

金沙江　著

出 版 人　曾赛丰
出 品 人　陈垦
出 品 方　中南出版传媒集团股份有限公司
上海浦睿文化传播有限公司
上海市巨鹿路 417 号 705 室（200020）
责任编辑　耿会芬
装帧设计　王媚
责任印制　王磊
出版发行　湖南文艺出版社
长沙市雨花区东二环一段 622 号（410016）
网　　址　www.hnwy.net
经　　销　湖南省新华书店
印　　刷　北京鹏润伟业印刷有限公司

开本：787mm × 1092mm 1/32　印张：7.5　字数：170 千字
版次：2018 年 1 月第 1 版　印次：2018 年 1 月第 1 版第 1 次印刷
书号：ISBN 978-7-5404-8263-3　定价：45.00 元

出 品 人：陈　垦
出版统筹：戴　涛
监　　制：余　西　蔡　蕾
编　　辑：林晶晶　郁　琳
装帧设计：王　媚

投稿邮箱：insightbook@126.com
新浪微博：@ 浦睿文化